Carlo Lucarelli
Der rote Sonntag

Zu diesem Buch

Commissario De Luca schlägt den Mantelkragen hoch. Ein kühler Wind weht durch das regennasse Bologna. Es ist der April des Jahres 1948. Nervosität und die lähmende Spannung der ersten demokratischen Wahlen liegen über der Stadt, als De Luca sich auf den Weg macht in die Via delle Oche, dem berüchtigten Rotlichtviertel. Dort soll sich der kommunistische Bordellhandlanger Ermes Ricciotti erhängt haben. Die Indizien am Tatort sprechen eine andere Sprache, doch von oberster Stelle werden De Lucas Ermittlungen im Keim erstickt. Bis er der »Tripolina«, der verschlossenen, dunkelhaarigen Bordellbesitzerin, näherkommt. Mit seinem eigenen festen Moralkodex bewegt sich Commissario De Luca in diesem Netz aus Lügen, Betrug und politischer Machtgier. Aber auch ihm droht eine dunkle Vergangenheit zum Verhängnis zu werden. Lakonie, der scharfe Blick fürs Milieu und bestechend vielschichtige Charaktere zeichnen die Romane von Carlo Lucarelli aus – und die ganz besondere Atmosphäre ihrer Zeit.

Carlo Lucarelli, geboren 1960, unterrichtet an der von Alessandro Baricco gegründeten Schule für Kreatives Schreiben in Turin. 1990 veröffentlichte er seinen ersten Roman, »Freie Hand für De Luca«, es folgten die De-Luca-Romane »Der trübe Sommer« und »Der rote Sonntag«, ausgezeichnet mit dem renommierten Premio Mistery. Außerdem erschienen auf deutsch »Der grüne Leguan«, »Schutzengel« und zuletzt »Autostrada. Geschichten im Schrittempo«.

Carlo Lucarelli
Der rote Sonntag

Ein Fall für Commissario De Luca

Aus dem Italienischen von
Monika Lustig

Piper München Zürich

Von Carlo Lucarelli liegen in der Serie Piper außerdem vor:
Der trübe Sonntag (3490)
Freie Hand für De Luca (5693)
Autostrada (Piper Original, 7033)

Für Tecla

Ungekürzte Taschenbuchausgabe
August 2002
© 1996 Carlo Lucarelli
Titel der italienischen Originalausgabe:
»Via delle Oche«, Sellerio editore, Palermo
© der deutschsprachigen Ausgabe:
2001 Piper Verlag GmbH, München
Umschlag/Bildredaktion: Büro Hamburg
Isabel Bünermann, Julia Martinez, Charlotte Wippermann
Foto Umschlagvorderseite: Elliot Erwitt/Magnum/FOCUS
Foto Umschlagrückseite: Hans Günter Contzen
Gesamtherstellung: Clausen & Bosse, Leck
Printed in Germany   ISBN 3-492-23604-9

www.piper.de

In wenigen Tagen hat das italienische Volk nicht nur zwischen zwei politischen Lagern, zwei gesellschaftlichen Ideologien zu wählen, sondern in Wirklichkeit zwischen Rußland und dem Westen ...

Giornale dell'Emilia

Wir wollen einen stabilen Frieden für Italien und wählen am 18. April ›Fronte‹. Wir werden diese Regierung von Klerikalen und Dienern des ausländischen Imperialismus verjagen, wir werden uns nicht erneut in den Untergang treiben lassen.
Also – bis nach dem 18. April!
Mit dem Sieg in der Tasche!

L'Unità

»Bartali hat das Gelbe Trikot erobert!«

14. April 1948

Mittwoch

DE GASPERI IN EINEM INTERVIEW: ›UNSERE SICHERHEIT VON HEUTE IST UNSERE HOFFNUNG FÜR MORGEN.‹

ENTHÜLLUNGEN ÜBER DEN ŽDANOW-PLAN, DER DIE KOMMUNISTEN AN DIE MACHT BRINGEN SOLL.

WACHSENDE SPANNUNGEN IN BERLIN: DIE RUSSEN DROHEN, DIE LUFTBRÜCKE ZU VEREITELN.

TOGLIATTI RUFT IM NAMEN DES FRIEDENS ZUM KAMPF GEGEN DEN IMPERIALISMUS AUF.

DAS GEHEIMARCHIV DES VATIKANS SOLL IN KÜRZE NACH AMERIKA AUSGELAGERT WERDEN.

DIE CGIL WEIST DIE REGIERUNG AUF DIE WIDERSPRÜCHE DES MARSHALLPLANS HIN.

BARTALI SIEGT AUF DEM ›GIRO DELLA TOSCANA‹ ÜBER COPPI.

Finster blickte ein riesiger Kosak mit rotem Stern auf der Kosakenmütze von der Mauer auf ihn herab. Der Kerl hatte ein Bajonett zwischen den Zähnen, und ein Auge war halb geschlossen, da sich genau dort eine Luftblase unter dem Plakat gebildet hatte. Der Anschlag glänzte noch feucht vom Kleister, und als De Luca einem Loch auf dem Gehsteig ausweichen wollte, berührte er das Manifest mit dem Ellenbogen, und ein silbriger Streifen wie eine Schneckenspur blieb auf dem Ärmel seines Regenmantels zurück.

›IST ER ES, AUF DEN IHR WARTET?‹ stand dort in spitzer Kursivschrift, wie mit dickem Pinsel geschrieben, und De Luca, der ein Stück zurückgetreten war, um den Schriftzug in voller Größe lesen zu können, vergrub die Hände in den Taschen und zog den Mantel fester um sich. Er beeilte sich, die Straße zu überqueren, da ein Jeep in voller Fahrt aus dem Portal der Präfektur sauste, gleich danach zwei weitere. Die Männer in den Jeeps klammerten sich in den Kurven an die Sitze, und die Sirenen heulten. Als De Luca sie vorbeifahren sah, hielt er den Atem an, und sein Magen zog sich schmerzhaft wie zu einem Klumpen zusammen. Er folgte ihnen mit den Augen, bis sie in einer Straße jenseits der Piazza verschwunden waren. Dann stürmte er die Treppe zum Polizeipräsidium hinauf und drehte sich erst in der Mitte der Eingangshalle um, als der Wachposten ihn zum zweitenmal anrief: »He! Wohin wollen Sie? Wer sind Sie?«

De Luca suchte nach seinem Personalausweis, kramte erst in der einen, dann in der anderen Manteltasche, schließlich beugte er sich vor, um auch in die

Innentasche des Jacketts greifen zu können. »Ich trete heute meinen Dienst an«, sagte er, »Vicecommissario De Luca, Sittendezernat«.

Der Wachmann jedoch, im Begriff, vor einigen Personen auf der Treppe zu salutieren, packte ihn am Arm und riß ihn beiseite. »Hierher ... machen Sie Platz!«

Es waren Polizeibeamte in Uniform, in ihrer Mitte ein kleiner Mann in Zivil mit schwarzem Hut und Adlernase.

De Luca, den der Wachposten fast zu Fall gebracht hätte, kam der kleine Mann bekannt vor. »Pugliese!« rief er, und der Angerufene fuhr mit der Nase in die Luft, als wolle er Witterung aufnehmen.

Den Blick auf De Luca gerichtet, legte er für eine Sekunde die Stirn in Falten, bis auch er ihn erkannte. »Commissario! Sie hier in Bologna? Carboni, was machst du für einen Schwachsinn. Greifst einen Vorgesetzten an?«

Der Wachmann ließ De Luca los, so daß der fast den Halt verlor, und salutierte.

Pugliese reichte De Luca die Hand und brachte ihn wieder ins Gleichgewicht. »Ich wußte nicht, daß Sie hier sind ... Ich freue mich, Commissario. Was haben Sie vor, kommen Sie mit uns?«

De Luca hob unsicher die Arme und warf einen Blick zum Ende des Korridors und zur Treppe. »Ich weiß nicht«, sagte er, »ich müßte mich erst beim Polizeipräsidenten vorstellen.«

»Der Polizeipräsident ist in einer Besprechung mit

dem Präfekten. Wegen der Wahlen. Kommen Sie mit, Commissario. Wir haben einen Mordfall.«

De Luca zögerte, und man sah ihm an, daß er gern mitgekommen wäre. »Ich habe noch keine Dienstpapiere«, erklärte er leise, »ich müßte zuerst den Polizeipräsidenten sehen, und im übrigen bin ich jetzt beim Sittendezernat...«

Pugliese zuckte die Achseln und ging weiter, ohne sich umzudrehen: »Dann betrifft Sie die Sache erst recht«, sagte er. »Es ist nämlich in einem Bordell passiert.«

De Luca biß sich auf die Lippen und nach einem weiteren Blick auf die breite Treppe entschloß er sich, rannte auf die Straße, war mit einem Satz auf dem bereits anfahrenden Jeep, wobei er nach dem Gewehrriemen eines Beamten greifen mußte.

»Ich bin froh, daß Sie es geschafft haben, *commissà*.«

Pugliese hielt sich mit einer Hand den Mantelkragen zu, mit der anderen klammerte er sich am Geländer des Jeeps fest; er lächelte. De Luca sah ihn fragend an, denn ihm war, als habe er ein ironisches Aufblitzen in seinen Augen gesehen. Aber Puglieses Blick war immer schon voller Ironie gewesen, ganz gleich, was er sagte.

»Unkraut vergeht nicht«, sagte De Luca und zuckte mit den Achseln.

»Wie viele Jahre ist es jetzt her, Commissario? Fast drei, wenn ich mich recht erinnere... Ja, genau drei. Im April 1945 haben wir uns das letzte Mal gesehen, und jetzt ist wieder April. Nur drei Jahre, Commissario, aber sie wiegen schwer für jemanden wie Sie, denke ich.«

»Unkraut vergeht nicht«, wiederholte De Luca und warf einen vorsichtigen Blick auf den Mann neben sich und auf den gegenüber. Aber in ihren versteinerten Mienen stand nichts weiter als Befehlsgehorsam.

Pugliese reckte sich vor und tippte dem Fahrer auf die Schulter, um ihm den Weg zu erklären.

»Wir nehmen die Via Marconi«, sagte er zu De Luca, »das ist zwar ein Umweg, aber so ersparen wir uns die Absperrung an der Piazza mit der Wahlversammlung und allem Drum und Dran.« Und wie nebenbei, ohne Funkeln in den Augen, fügte er hinzu: »Nein wirklich, *commissà*, ich bin froh, daß Sie es geschafft haben.«

De Luca nickte zerstreut. Er hatte die Augen geschlossen und klammerte sich mit beiden Händen zwischen den Beinen am Holzsitz des Jeeps fest; er schien sich auf das Heulen der Sirene zu konzentrieren, das laut in den Bogengängen widerhallte. Er hatte sich sogar etwas zurückgelehnt, als wolle er es noch deutlicher hören, während ihm der Fahrtwind die Haare zerzauste und auf einer Seite platt an den Kopf drückte. Als er die Augen wieder öffnete, mußte er mehrmals blinzeln, um wieder klar zu sehen. »Wer ist es?« fragte er.

Pugliese hob den Kopf. »Wie bitte?«

»Der Tote. Sie haben doch von einem Mord gesprochen.«

»Ja, stimmt, der Tote. Ein gewisser Ermes ... Aber fragen Sie mich nicht, wer das ist, Commissario, das weiß ich selbst nicht. In der Zentrale hat eine Frau angerufen und verzweifelt gekreischt, daß Ermes in der Via delle Oche Nr. 23 umgebracht worden sei. Sie kennen die Via delle Oche Nr. 23?«

De Luca nickte kurz. »Ja, da ist ein Bordell.«

»Die Via delle Oche ist ein einziges Bordell. Und außerdem ... ja richtig, das habe ich Ihnen ja vorhin schon gesagt. Aber solche Sachen müssen Sie allein rauskriegen, Commissario, da Sie doch jetzt bei der Sitte sind. In Bologna gibt es jede Menge Freudenhäuser, und die sind fortan alle in Ihrer Hand.«

Wieder war dieses ironische Funkeln in seinen Augen, spöttisch und zugleich so natürlich, daß De Luca grinste. Im nächsten Augenblick bog der Jeep scharf in eine Gasse ab, und De Luca lag plötzlich auf Pugliese, als hätte er die Absicht, ihn zu küssen.

»Die Nr. 23 ist ein Nebengebäude ... Es ist nicht das eigentliche Bordell, mit Verlaub gesagt, es ist ... nun eben ... ein Anbau.«

Die Frau stieg, die Hand am Geländer, eilig die Treppe hinauf, machte nur von Zeit zu Zeit auf einer Stufe Halt und drehte sich um – nur ganz kurz, als wäre ihr etwas eingefallen. Dann ging sie plappernd weiter. Ihr ausladendes Hinterteil wogte vor De Luca und Pugliese und den beiden Beamten, die ihnen folgten. Die schwarze Wollstola war ihr von den

Schultern gerutscht und bewegte sich im Takt mit den Hüften. De Luca, der sich zwischen den engen, finsteren Wänden wie in einen Trichter gepreßt fühlte, mußte einen Brechreiz unterdrücken. Kaum waren sie in die Gasse eingebogen, war die Frau ihnen entgegengeeilt und hatte sich, geziert lächelnd, als die *metrès* vorgestellt, mit sinnlich schleifendem S am Wortende im Tonfall der Bologneser. Dann hatte sie kehrtgemacht, hatte wie eine Bäuerin auf dem Hühnerhof in die Hände geklatscht und mit den Armen gefuchtelt, um einige Mädchen, die ihre Köpfe aus der Eingangstür reckten, zurückzuscheuchen. Erst als sie die Türflügel mit einem kräftigen Knall zugeschlagen hatte und einen Schritt unter dem Bogengang zurückgetreten war, um einen Blick auf die geschlossenen Holzfensterläden des Palazzos zu werfen, war sie zu den Männern zurückgekommen; sie hatte auf ein weißes Keramikschild mit blauem Rand und der Nr. 23 neben einer ziemlich lädierten schwarzen Haustür gezeigt und dann auf die steilen Treppen, die zu dem finsteren Korridor führten.

»Denn das Bordell, mit Verlaub gesagt, wäre eigentlich die Nr. 22, aber auf meiner Lizenz steht Nr. 23, was ein und dasselbe Gebäude ist, das ich ganz von einem Herrn gemietet habe... Sie wissen ja, von wem. Aber es ist nicht der eigentliche Puff, mit Verlaub gesagt.«

Sie war auf dem Treppenabsatz stehengeblieben und atmete schwer; eine Hand lag auf dem Busen, mit der anderen quetschte sie das faltige Doppelkinn zusammen und blickte fragend, die rundlichen Schultern gegen eine Tür aus hellem Holz gelehnt, erst zu De Luca, dann zu Pugliese.

Der ergriff das Wort. »Ist er hier drinnen?« wollte er wissen, und die Frau nickte heftig. Dann drückte sie mit einer Hand, ohne sich umzudrehen, die Tür auf.

»Wenn Sie wüßten, was für ein Schock das war, *dottore*«, fing sie an, aber Pugliese brachte sie mit einer unwirschen Handbewegung zum Schweigen. Durch die geöffnete Tür war ein Mann zu sehen, der unbeweglich wie ein Senkblei über einem umgekippten Stuhl vom Deckenbalken baumelte.

»Der ist nicht ermordet worden«, brummte Pugliese, »der hat sich umgebracht. Das Mädchen in der Telefonzentrale hat das falsch verstanden ...«

»Oh, mein Gott, was für ein grauenhafter Anblick«, rief die Frau und bedeckte ihre Augen, denn sie hatte sich verstohlen umgewandt.

Pugliese rief unterdes dem Beamten unten an der Treppe mit lauter Stimme zu, er möge in der Zentrale Bescheid geben, der Staatsanwalt könne sich ruhig Zeit lassen, und der Leiter der Mordkommission bräuchte sich gar nicht erst herzubemühen.

»Pugliese, kommen Sie mal her.«

De Luca war durch die Tür, die, von der Wand zurückprallend, nur halb wieder zugegangen war, ins Zimmer geschlüpft. Als Pugliese eintrat, kauerte er neben dem umgekippten Hocker und ließ seinen Blick nachdenklich durchs Zimmer schweifen: ein ungemachtes Bett, ein Nachtschränkchen, bei dem ein Ziegelstein einen Fuß ersetzte, ein Stuhl mit geflochtenem Sitz, über dessen Lehne eine Jacke hing, und eine Art Brotschrank in dessen Türrahmen einige Fotografien steckten.

»Ich würde der Frau gern ein paar Fragen stellen«, sagte er, »lassen Sie sie bitte hereinkommen.« Dann erhob er sich, wobei die Kniegelenke knackten, und schlug mit den Fingerspitzen rasch an eine Hand des Mannes, die leblos an der Seite herunterhing.

»Jesus«, rief die Frau beim Eintreten, »was machen Sie denn da?«

»Ich prüfe die Leichenstarre. Die Hand ist wieder weich, und deshalb ist anzunehmen, daß er mindestens seit gestern nacht tot ist. Wer ist der Tote?« fragte er, und noch einmal, jedes Wort betonend: »Wer ist der Tote?« Denn die Frau hatte wieder einen fragenden Blick zu Pugliese geworfen, der ihr zunickte: Sie solle ruhig De Luca antworten.

»Ermes Ricciotti. Aber er hat nicht bei mir gearbeitet ... Er war bei der Tripolina beschäftigt, vier Hausnummern weiter unten, Nummer 16. Hier hatte er lediglich sein Zimmer, weil das Haus der Tripolina zu klein ist, da ist nur Platz für das horizontale Personal ...«

»Das horizontale Personal?«

»Ja, die Nutten, mit Verlaub gesagt. Die Tripolina hatte kein eigenes Zimmer für den *uomo*.«

Sie hatte das Wort mit so viel Respekt ausgesprochen, als wäre es ein Ehrentitel. Unter De Lucas' skeptischem Blick fuhr sie überrascht, beinahe verwirrt fort, denn die Erklärung war ihrer Ansicht nach völlig ausreichend. »Für den Mann, den Hausengel, oder wie sagt man dazu bei euch? Der, der überall im Haus zur Hand geht, der die Mädchen bei ihren Besorgungen begleitet, der die Besoffenen vor die Tür setzt ... der eben ein wenig den Aufpasser spielt. Ermes war von Beruf Boxer.«

Sie deutete auf den Brotschrank und auf die Fotos, die in der Ritze zwischen dem Mattglas und dem Holz des Türrahmens steckten. De Luca trat näher und zog eine Aufnahme heraus, die zur Seite gerutscht war und nur noch mit einer Ecke festhing. Es war ein schönes Bild, größer als Standardformat, mit weißem Rand. Darauf war Ermes Ricciotti mit nacktem Oberkörper zu sehen, die Hände in Boxhandschuhen vors Gesicht gehoben. Hinter ihm war der Pfosten eines Boxrings zu erkennen und in der Tiefe das dunkle Schriftband eines Sportvereins, *Polisportiva Popolare Spartaco*. De Luca drehte sich um und betrachtete den Erhängten. Das Nasenbein war gebrochen und die Nasenspitze plattgedrückt, das war ihm sofort aufgefallen, ebenso wie die deformierten Ohren und der kantige Oberkiefer, der vom Knoten des Stricks auf einer Seite zusammengequetscht wurde. Er dürfte nicht viel älter als zwanzig gewesen sein.

De Luca steckte das Foto wieder zu den anderen, die älter waren, mit gewelltem Rand. Eines davon zeigte eine Schar bewaffneter Männer in einem Fiat millecento, der als Vorhut eines amerikanischen Panzers in Bologna einfährt; auf dem Kofferraum hockt ein Junge, in dem man bei genauerem Hinsehen Ricciotti erkennt. Dann ein Zeitungsausschnitt mit der Nahaufnahme eines Mädchens, dessen offenes Haar sich auf dem dunklen Hintergrund verliert; sie hat die Lippen zu einem maliziösen Lächeln geöffnet, das Kinn liegt an der runden, nackten Schulter: *Wettbewerb ›Die schöne Italienerin‹* stand in Kursivschrift quer darüber gedruckt. Auf dem nächsten Bild war Ricciotti ganz klein und verwackelt zu sehen, das Papier war fleckig und vergilbt; er biegt auf einer Lambretta in die Via delle Oche ein. Da steckte auch noch die abgerissene Ecke eines Fotos mit weißem Rand – nur noch ein Fuß in einer Korksandale und ein winziges Stückchen Saum von einem gestreiften Rock über einer hellen Fessel waren davon übrig. De Luca kratzte mit dem Nagel des kleinen Fingers daran, aber der Fetzen steckte fest in der Ritze und rührte sich nicht.

»Schreiben Sie ruhig Armida«, sagte die Bordellbesitzerin zu Pugliese, der sein Notizbuch gezückt hatte, »es müßte eigentlich Conti Evelina heißen, aber seit 1920 nennt man mich so ... Auf alle Fälle hätte ich wahrlich nicht mit so etwas gerechnet. Der gute Ermes war nämlich noch nie bei so guter Laune wie in den letzten Tagen ... Eines Abends ist er sogar angetrunken nach Hause gekommen, das ist noch gar nicht so lange her ... Wann war nur das Gewitter, am Sonntag, oder? Also dann ist es vorgestern gewesen, am Montag.«

»Sind Sie da sicher? Ich kann mich nämlich nicht an ein Gewitter erinnern...«

»Ja, da bin ich mir ganz sicher. Die Fenster zur Straße hin muß ich ja geschlossen halten, das ist Gesetz, aber der Innenhof liegt nach hinten, und von da aus konnte man die Blitze sehen... Es war Montag.«

»Wer hat ihn gefunden?« fragte De Luca.

Wieder eine Sekunde Schweigen, und die Frau warf Pugliese erneut einen Blick zu. »Die Katy«, sagte sie, aber sie sprach es Catí aus, auf der letzten Silbe betont. »Eines der Mädchen, die bei uns unten arbeiten. Ich habe sie raufgeschickt, weil es schon acht war und Ermes sich noch immer nicht blicken ließ. Wissen Sie, Tonino, der bei uns den *uomo* macht, ist meistens erst spät auf den Beinen. Doch die Catí betet zur Heiligen Jungfrau, und Ermes hat sie immer mit seiner Vespa gefahren, damit sie rechtzeitig zur Novene in San Petronio war. Auch wenn Ermes politisch gesehen...«, Armida senkte die Stimme, »politisch stand er auf der Seite der Kommunisten. Eben, ich weiß nicht, was Sie darüber denken, aber ich sage Ihnen... er war ein Sympathisant.«

»Sehen Sie sich mal hier um«, unterbrach De Luca und ließ die Hand aus dem Gelenk heraus kreisen. »Ist sonst alles in Ordnung? Ist irgend etwas anders als früher?«

»Antworten Sie dem Commissario«, forderte Pugliese sie auf, denn er bemerkte, daß De Luca wegen ihres erneuten Schweigens die Augen zusammenkniff und die Fäuste ballte. »Er ist der *dottore*, ich bin nur der *maresciallo*. Aber warum diese Fragen, *commissà*? Wonach suchen Sie?«

»Nach Kampfspuren.«

»Kampfspuren? Aber mir scheint doch, daß ...«

Pugliese hob eine Hand, die Handfläche nach oben gekehrt, und ließ sie an der Seite des Toten entlang wieder sinken. De Luca warf ihm einen raschen Blick zu, dann näherte er sich Ermes und ging wieder mit knackenden Gelenken in die Knie. Er stellte den umgekippten Hocker genau unter die Fußspitzen des Mannes und maß eine Spanne Abstand zwischen Sitzfläche und Schuhsohlen.

»Daß ein Erhängter länger wird, wenn er eine Weile hängt, ist normal«, sagte er leise, »aber daß er kürzer wird, habe ich noch nie gehört.«

Ein ungläubiges Lächeln huschte über Puglieses Gesicht. Er eilte zur Tür, hielt kurz auf der Schwelle inne und drehte sich zu De Luca um.

»Guter Gott im Himmel, Commissario«, sagte er, »wie bin ich doch froh, daß Sie wieder bei uns sind.«

Dann verließ er das Zimmer und brüllte ins Treppenhaus hinunter, daß sofort der Staatsanwalt und der Leiter der Mordkommission gerufen werden sollten. Denn der junge Mann hatte sich nicht allein dort oben hingehängt, das hatte ein anderer für ihn getan.

FANATISCHE AUSSCHREITUNGEN DER KOMMUNISTEN ERFORDERN ZWEIFACHEN POLIZEIEINSATZ.

PATER ANGELINI ZU DEN GLÄUBIGEN: WER GEGEN GOTT IST, DARF NICHT AUF SIEGE HOFFEN.

WAFFENBESITZER IN IMOLA VERHAFTET.

EINSATZKOMMANDO ZUM ENTFERNEN DER WAHLPLAKATE BEORDERT.

WELTWEIT GEWISSHEIT ÜBER DEN SIEG DES FRONTE POPOLARE.

POLIZEI SCHIESST IN OSTIGLIA AUF DIE BEVÖLKERUNG.

HEUTE IM ›FULGOR‹ EIN SPANNENDER ABENTEUERFILM: ›DIE RÄCHER VON ARIZONA‹ MIT RAY CORRIGAN UND JOHN KING.

»Scelba will vom 19. bis 21. die Fabriken schließen, aber die Gewerkschaften sind dagegen, und so wird er damit nicht durchkommen. Was mich angeht, ich finde das in Ordnung. Besser die Arbeiter unter Verschluß, als sie frei herumlaufen lassen, wenn die Wahlergebnisse bekanntgegeben werden. Egal, zu wessen Gunsten sie ausfallen.« Polizeipräsident Giordano war ein kleiner Mann, praktisch kahl, bis auf eine kunstvoll um den Schädel gelegte, mit Haarpomade verklebte Haarsträhne, und sein Tick bestand darin, sie ständig glattzustreichen: Er winkelte den Arm rechteckig ab, hielt einen Augenblick mit der hohlen Hand auf der Höhe der Schläfen inne, strich sich mit einer kreisenden Geste schnell über den Kopf und verdeckte dabei kurz sein Gesicht. De Luca stand mit verschränkten Armen hinter der letzten Stuhlreihe im Versammlungsraum, die Schultern gegen die Wand gelehnt; er nahm Giordano schon gar nicht mehr richtig wahr, nachdem er zunächst immer aufgeblickt und sich zu einem staunenden Lächeln hatte hinreißen lassen, das angesichts der unverhohlenen Gleichgültigkeit der anderen leitenden Polizeibeamten schnell erstarb.

»Der Präfekt will die Panzer des Einsatzkommandos nicht mehr bei Porta Lame sehen. Er behauptet, daß sie die Leute an die Zeit erinnern, als die Deutschen hier waren, und das könnte wie eine Provokation wirken. Was gibt's, D'Ambrogio?«

De Luca drehte den Kopf in die Richtung des Tischs, an dem auch der Polizeipräsident saß. D'Ambrogio war ein sehr großer Mann, der Oberkörper ragte weit über die Tischplatte hinaus; er schüttelte den Kopf, hatte die Lippen geschlossen und wie zu einer Kinderschnute vorgewölbt. Auch seine schrille

Falsettstimme klang wie die eines Kindes. »Ich glaube nicht, daß das eine gute Idee ist. Meiner Meinung nach könnte es uns als Zeichen von Schwäche ausgelegt werden, und dafür ist jetzt wahrlich nicht der Moment. Heute morgen haben die Kommunisten auf der Wahlversammlung von Secchi auf der Piazza Maggiore fünf Beamte krankenhausreif geschlagen...«

»Provokationen!« Rasch fuhr sich der Polizeipräsident mit der Hand über den Kopf und hielt eine Sekunde länger als gewöhnlich im Nacken inne. »Es bedarf einer starken Hand, Reaktionsvermögen, das ja. Aber Provokationen dürfen wir nicht dulden! Schicken Sie das nächste Mal mehr Männer hin... Was gibt's, Scala?«

An der anderen Seite des Tisches hatte ein Mann in grauem Zweireiher und weißem Hemd mit offenem Kragen wie in der Schule den Finger gehoben. Ein vergnügtes Lächeln spielte um seinen Mund. »Apropos Provokationen...«, sagte er, »was machen wir mit Onorevole Orlandelli? Das Bürgerkomitee will ihn in San Petronio beisetzen lassen, und Padre Lombardi soll die Totenmesse lesen...«

»Abraten! Unbedingt davon abraten!«

Die Hand des Polizeipräsidenten schwebte über seiner Glatze, und De Luca hielt instinktiv die Luft an, bis er sah, daß sie sich blitzschnell gleich zweimal bewegte. »Padre Lombardi! *Das Mikrofon Gottes* will vier Tage vor den Wahlen in Bologna sprechen? Soll das ein Witz sein? Es tut mir leid für den Herrn Abgeordneten. Auch wenn er in der Strada Maggiore das Licht der Welt erblickt hat, den Herzinfarkt hat er in Rom gekriegt. Sollen die doch seine Bestattung ausrichten... Das Polizeipräsidium ist abschlägiger Meinung. Die Versammlung ist beendet. Für alle gelten die gleichen Anordnungen: Die Aktivitäten der Abteilungen auf die dringendsten Fälle beschränken, alle verfügbaren Männer für die Wahlen bereithalten.«

Der Polizeipräsident erhob sich. Er sammelte die verstreuten Blätter vor sich ein, klopfte mit dem Bündel auf den Tisch, um den Rand zu begradigen, und knurrte: »Das Thema ist beendet, das Thema ist beendet... Kommt gar nicht in Frage.« Er schüttelte den Kopf in Richtung D'Ambrogio, der jetzt im Stehen, zu ihm hinuntergebeugt, noch riesiger wirkte.

De Luca löste sich von der Wand und bahnte sich gegen den Strom einen Weg zwischen den zum Ausgang eilenden Polizisten und Verantwortlichen der einzelnen Abteilungen. Fast wäre er genau vor dem Platz des Polizeipräsidenten über einen Stuhl gestolpert. »Vicecommissario De Luca, Signor Questore«, stellte er sich vor und hielt sich an der Stuhllehne fest. »Wenn Sie gestatten, möchte ich...«

»Oh, *dottor* De Luca... Mir wurde so viel Gutes über Sie berichtet. Bravo, bravo...« Er hob die Hand. De Luca ließ sich von der Geste täuschen und streckte ihm seine Rechte entgegen, doch genau in dem Augenblick winkelte der Polizeipräsident den Arm ab, und De Luca stand da mit der ausgestreckten Hand, und tat dann so, als wollte er eine Fliege verscheuchen. »Nicht *dottore*«, sagte er, wie um sich zu entschuldigen, »und wenn Sie gestatten, Herr Polizeipräsident, was die Anordnungen wegen des anderweitigen Einsatzes des Personals angeht ...«

»Ja, ja, bravo, De Luca. Das Thema ist beendet. D'Ambrogio, ich weiß, daß Orlandelli ein hohes Tier war, bei den einen geliebt und geschätzt, bei den anderen mehr als verhaßt ...«

»... und wenn Sie gestatten, Herr Polizeipräsident, da meine Abteilung vollbesetzt und relativ gering ausgelastet ist ...«

»... es würde wie eine Provokation wirken, D'Ambrogio, mich wundert, daß ausgerechnet du mich so etwas fragst. Du stellst dich ja schlimmer an als ein blutiger Anfänger!«

»... wenn Sie gestatten, Herr Polizeipräsident, könnte ich sinnvollerweise zum Einsatzkommando abgestellt werden und mich mit dem Mordfall von heute vormittag beschäftigen.«

Der Polizeipräsident fixierte unter halb geschlossenen Lidern erst De Luca, dann D'Ambrogio. »Hat es heute morgen einen Mord gegeben?«

»Ermes Ricciotti ...«, wollte De Luca loslegen, aber D'Ambrogio unterbrach ihn mit fast überschnappender Stimme, zwei Takte im Crescendo, wie von einem erfahrenen Choristen moduliert. »Selbsttötung ... Bonaga, Leiter des Einsatzkommandos, ist überzeugt, daß es sich um Selbsttötung aus einer Gewissenskrise heraus handelt ... Jenes anrüchige Individuum war nämlich Sympathisant der Kommunisten, wie es so aussieht.«

»Um Gottes willen! Wenn es Selbstmord war, ist und bleibt es Selbstmord! Komplizieren wir die Dinge nicht, und geben wir vor allem keinen Anlaß zur Ausschlachtung für politische Zwecke. Ihr Eifer, lieber De Luca, ist lobenswert, aber bleiben Sie auf Ihrem Posten zur Verfügung Ihres Vorgesetzten und dessen Zuständigkeitsbereich. Das Überschreiten der Ämterkompetenzen ist bei uns unerwünscht.«

»Unerwünscht«, legte D'Ambrogio in scharfem Ton nach, während der Polizeipräsident den Arm hob und De Luca einen Klaps auf die Wange versetzte.

De Luca verzog gequält das Gesicht, und unwillkürlich fuhr seine Hand in die Höhe.

»*Nicht dottore, nicht dottore* ...« Scala war unbemerkt an ihn herangetreten: »Ich habe noch einen gekannt, der das immer sagte ... wie hieß der noch ... Germi, nein, Ingravallo ... Commissario Ingravallo, kennen Sie ihn?«

»Wir sind uns einmal in Rom begegnet.«

Scala nickte, ohne etwas zu sagen. Er sah ihn weiter mit diesem belustigten Ausdruck an, und das tat er so beharrlich, daß De Luca erneut das Wort ergreifen wollte, um die Leere zu füllen, die durch das eisige Schweigen entstanden war: »Ich bin ein *Achtundzwanziger*«, erklärte er. »Ich bin dank des Sonderaufrufs aus dem Jahr 1928 in die Polizei eingetreten, als man noch keinen Dotkortitel brauchte, um Commissario zu werden, man mußte sich nur bewerben.«

»Ich hatte schon befürchtet, Sie wären seinerzeit aufgrund von Verdiensten unterm Faschismus befördert worden«, sagte Scala in stechendem Ton.

De Luca schüttelte den Kopf. »Nein.«

»Gut für Sie. Wie alt sind Sie, De Luca? Siebenunddreißig, achtunddreißig, unter Vierzig ... wie ich? 1928 müssen Sie noch sehr jung gewesen sein...«

»Ich war seinerzeit der jüngste Commissario Italiens.«

»Und auf welchen Platz haben Sie es bei der Ausschreibung geschafft?«

»Ich war der erste auf der Liste.«

Wieder Schweigen und eisiges Lächeln. Scala stand nun an der Tür zur Treppe, wo sich das Gedrängel verlaufen hatte.

»Man hat mich ziemlich schnell zum Commissario befördert«, fügte De Luca hastig hinzu, als müsse er sich rechtfertigen. »Ich habe den Fall Matera im Jahr 1929 gelöst ... Vielleicht erinnern Sie sich daran?«

»Nein«, erwiderte Scala immer noch erheitert, aber mit schroffem Unterton. »Im Jahr 1929 saß ich im Gefängnis. Ich gehörte zur verbotenen Untergrundbewegung der Kommunisten und war ebenfalls blutjung, als man mich an der französischen Grenze verhaftete. Jemand hatte mich verpfiffen. Ich war auf dem Heimweg nach Italien, mit einem Koffer voller Papiere, doch statt von den Genossen wurde ich von Mussolinis Leuten in Empfang genommen. Natürlich ...«, das Aufflackern in Scalas Augen traf De Luca, der seinen Blick zwischen den Stühlen umherwandern ließ, »... natürlich sind Sie durch die Säuberungsaktion gegangen ... das ist ja klar.«

»Selbstverständlich«, bestätigte De Luca leise. Mit dieser Frage hatte er gerechnet, und obwohl er zuvor geschluckt und sich geräuspert hatte, kam seine Antwort kratzig und ein wenig unsicher.

Scala lächelte, diesmal nicht nur innerlich. »Es ist eine Schande, daß Sie mit Ihrem Talent im Dirnenmilieu eingesetzt werden. Sie müßten bei der Mordkommission sein und den Posten von diesem Bonaga haben ... Er ist ein braver Kerl, da kann man nichts sagen, aber etwas engstirnig; er neigt dazu, die Fälle voreilig abzuschließen, vor allem wenn Genossen mit im Spiel sind. Mir aber erscheint dieser Fall Ricciotti sehr interessant ... Was meinen Sie?« Scala drückte De Lucas Arm, und sich von der Tür entfernend, wiederholte er: »Was meinen Sie?« Seine Stimme klang immer noch höchst vergnügt.

»Machen wir es wie in der Schule, Herr Polizeimeister, Sie erteilen mir jetzt eine Lektion in Geschichte.«

Pugliese blickte vom Schreibtisch auf und sah De Luca für einen Augenblick völlig entgeistert an – diesen Gesichtsausdruck hatte auch Staatspräsident De Nicola auf dem Foto an der Wand hinter seinem Kopf. Zwei weit aufgerissene Augenpaare, mißtrauisch und bestürzt, hafteten beharrlich auf ihm, wie er da stand, eine Hand auf der Hüfte, die andere gegen den Pfosten der Tür gestützt, die schmal und rechteckig war wie das winzige Büro selbst.

»Wie bitte?« brachte Pugliese schließlich heraus. De Nicola war und blieb stumm an der Wand.

»Bringen Sie mir etwas Geschichte bei, Pugliese, nur um klarer zu sehen... Wie kommt es, daß im Verlauf eines halben Tages aus einem unechten Selbstmord ein Mord und aus dem dann wieder ein Selbstmord wird?«

»Das kommt daher, daß Bonaga, mein Chef, der mit den Ermittlungen in diesem Fall beauftragt ist, den Bericht gelesen hat und überzeugt ist, daß es sich um *vorsätzliche Selbsttötung* handelt.«

»Vorsätzliche Selbsttötung? Hat er sich so ausgedrückt?«

Pugliese nickte bedächtig, den Kopf leicht zur Seite geneigt, um der Geste mehr Gewicht zu verleihen. »Wortwörtlich. Er hat gesagt: *Es handelt sich um vorsätzliche Selbsttötung.*«

»Ach ja? Und wie erklärt er sie sich? Was meint Bonaga... Ist Ricciotti etwa auf den Hocker gestiegen und hat dann gemerkt, daß er die Schlinge zu weit oben angebracht hat? Und deshalb hat er einen Sprung gemacht, um mit dem Kopf mitten in der Schlinge zu landen, und dann hat er sich...« De Luca hielt inne, Pugliese ließ seinen Blick verlegen über den Schreibtisch gleiten, ohne etwas Passendes zu finden, worauf er ihn ruhen lassen könnte.

»Nein, erzählen Sie mir nichts. Das ist doch unmöglich. Hat er das wirklich gesagt?«

»Er hat es nicht gesagt, *commissà*, er hat es geschrieben. In dem Bericht, der seine Unterschrift trägt und den ich soeben pflichtgemäß gegengezeichnet habe, steht alles drin. Verdammt noch eins mit diesem Toten!« Heftig schnippte er mit den Fingerspitzen das Papier von sich, so daß es über die Schreibtischkante rutschte und wie ein Papierflieger vor De Lucas Füße segelte. De Luca warf einen Blick auf die maschinengeschriebenen schwarzen Zeilen, die das dünne Durchschlagpapier durchlöcherten, und auf den verblaßten Stempel *Questura di Bologna*, der seine Schuhspitze verdeckte. Dann sah er auf, denn Pugliese hatte sich erhoben und den Stuhl ordentlich quietschen lassen; er quetschte sich zwischen Schreibtisch und den Griffen eines Aktenschranks hindurch. Staatspräsident De Nicola im schwarzen Bilderrahmen schaukelte noch immer von dem Stoß, den er abgekriegt hatte.

»Gehen wir einen Kaffee trinken, Commissario«, sagte Pugliese und nahm die Mütze vom Kleiderhaken an der Wand, »so verpasse ich Ihnen auch gleich eine Lektion in politischer Geographie.« Und dann: »Nein, nein ... Lassen wir es ruhig dort, wo es ist. Das ist der Platz, wohin es gehört!!« De Luca hatte sich nämlich hinuntergebeugt, um das Durchschlagpapier aufzuheben, und strich mit dem Mittelfinger über die löchrige Oberfläche. Doch da hatte Pugliese ihn schon am Ellenbogen weggezogen.

»Erinnern Sie sich, wie man sie bei den Faschisten nannte? Ich meine, die *geopolitica* ... besser gesagt die *ggeoppollittica*, sämtliche Konsonanten doppelt, wie Starace sagte. Können Sie sich an Starace erinnern?«

De Luca nickte knapp. Er stützte die Ellenbogen auf die Theke und spiegelte sich im Chromgehäuse eines Kaffeeautomaten Marke ›Vittoria‹, mächtig wie eine Dampflok. Auf der Kuppel thronte ein auf Hochglanz gewienerter Adler, darunter drehte der Barmann im weißen Hemd an den Griffen eines geschwungenen Metallarms, schloß den stechenden, bitteren und etwas metallischen Kaffeegeruch ein. Die Bar lag an der Piazza Galileo, genau vorm Polizeipräsidium, doch wurde sie kaum von Polizisten aufgesucht, erklärte Pugliese, denn es gab keine Sitzgelegenheiten. Die Einrichtung bestand lediglich aus einem kleinen Tisch, eingezwängt zwischen die offenstehenden Türflügel, die Wandecke und eine Großaufnahme von Bartali.

»Es gäbe das ›Maldini‹ nebenan, die haben immer frische Hörnchen«, flüsterte Pugliese hinter vorgehaltener Hand, »aber dort glaubt man, beim Einsatzkommando zu sein und um über die *geopolitica* des Bologneser Polizeipräsidiums zu sprechen, könnte man genausogut im Büro bleiben. Erinnern Sie sich, wie es zu Zeiten des Regimes hieß? *Schweig, der Feind hört mit ... auch die Wände haben Ohren.*« Wieder nickte De Luca, und seine Nase wurde im blitzenden Chrom der Kaffeemaschine wie in einem Zerrspiegel einmal länger, dann wieder kürzer. Bei der Erwähnung der frischen Hörnchen ließ er seinen Blick zu dem geflochtenen Korb auf der Theke schweifen. Ihm fiel ein, daß er noch nichts gegessen hatte, und so griff er an Pugliese vorbei nach einem Hörnchen, ohne eines der gelben Vierecke aus Bäckerpapier, die neben dem Korb lagen, zu benutzen.

»Guten Appetit, *commissà*«, sagte Pugliese. »Als wir uns vor langer Zeit trennten, waren Sie einer, der kaum etwas aß und nie schlief ... Sie sahen aus wie eine wandelnde Leiche, blaß und mager. Das werden die Sorgen gewesen sein ... Jetzt geht's Ihnen besser, nicht wahr?«

»Ja, es geht besser ...«, brummte De Luca.

»Und ich weiß auch noch, daß Sie es im Jahr 1945 schon zum Commissario beim Überfallkommando gebracht hatten, und jetzt sind Sie bloß Vicecommissario, und das auch noch bei der Sitte.«

»Wie das Leben so spielt.«

»... aber für mich werden Sie immer Commissario sein, *commissà*, um Gottes willen, das wissen Sie doch. Sie haben damals jede Menge Kaffee getrunken ... Tun Sie das immer noch?«

»Ja, immer noch.«

»Und der Regenmantel scheint auch derselbe zu sein. Zumindest ein ähnliches Modell, mehr oder weniger ...«

»Mehr oder weniger, ja.«

»Das Schwarzhemd tragen Sie aber nicht mehr ...«

»Maresciallo Pugliese ... Jetzt reicht's.«

Er hatte beinahe geflüstert, aber es war ein scharfes und tönendes Flüstern, und der Barmann hatte sich umgedreht. De Luca senkte errötend den Blick und fixierte die knusprigen Enden des Hörnchens, das er nervös zwischen den Fingern zerbröselte. »Verzeihen Sie, Commissario«, murmelte Pugliese. »Kehren wir zur politischen Geographie des Polizeipräsidiums zurück«, und er sprach *geopolitica* ohne Verdopplung der Konsonanten à la Starace aus.

»So können Sie sich ein Bild von der Situation machen und sich überlegen, wie Sie sich verhalten wollen. D'Ambrogio, der Stellvertreter des Polizeipräsidenten, engagiert sich für die Democrazia Cristiana ... ohne Parteibuch natürlich, wir Polizisten dürfen ja in keiner Partei sein, wie Sie wissen. Auf alle Fälle ist er der von der DC. Er ist befreundet mit dem jungen Staatssekretär dort in Rom, diesem buckligen kleinen Männchen mit den Fledermausohren ... Sein Name fällt mir gerade nicht ein, *commissà*.«

De Luca zuckte die Schultern. Aus der »Vittoria« zischte warmer Kaffeedampf, und er mußte schlukken. Er hörte Pugliese aufmerksam zu, aber ohne den dunklen Strahl aus den Augen zu lassen, der gluckernd in die weißen Tassen lief.

»Scala, der Verantwortliche des Privatsekretariats, ist in der PCI. Er ist einer der wenigen Polizisten, die bei den Partisanen waren und die Scelba noch nicht abgesägt hat. Aber auch er hat Rückendeckung von Rom, und außerdem ist er Intimus des Bürgermeisters hier in Bologna. Der Polizeipräsident hingegen verhält sich neutral. Er sieht zu, wie er über die Runden kommt, und geht allem, was auch nur im entferntesten mit Politik zu tun hat, aus dem Weg; er wartet nur ab, wer die Wahlen gewinnt ... wie im übrigen alle.«

»Und Bonaga?«

»Bonaga ist ein armer Teufel. Der tut, was man ihm sagt, egal, wer es ist. Ansonsten macht er nichts und sieht ebenfalls zu, wie er seine Schäflein ins trockene bringt.«

»Und wer hat angeordnet, den Fall zu schließen? D'Ambrogio?«

»Wer weiß das schon. Es kann auch sein, daß er sich dieses nette Märchen mit der Selbsttötung allein ausgedacht hat. Er sitzt auch nur deshalb auf seinem Posten, weil es Familientradition ist; sein Vater ist ja Präfekt in Trapani. Doch sobald denen da oben etwas Besseres begegnet, muß er Leine ziehen, und ein anderer wird Chef des Überfallkommandos. Und falls Sie nichts Dummes anstellen, kann es sehr leicht sein, daß Sie derjenige sind, Commissario. Aber nur, wenn Sie keinen Unsinn machen.«

De Luca wollte etwas sagen, machte den Mund aber wieder zu und unterdrückte einen sorgenvollen Seufzer, der ihm in der Kehle steckenblieb. Rasch hob er die Hand, als wolle er mit dieser Geste etwas von sich schieben, und schüttelte den Kopf. »Ist gut, ist ja gut ...«, murmelte er. Der Kellner knallte die Tassen auf die Unterteller, und der Kaffee war serviert. De Luca nickte Pugliese zu, der den Löffel voll

Zucker in der Luft hielt, und nickte gleich noch zweimal. Er trank, ohne umzurühren, und setzte die Tasse ab, als ihm die ersten Zuckerkörnchen auf den Lippen prickelten.

Wenn Sie keinen Unsinn machen. Wenn Sie keinen Unsinn machen ...

»Pugliese, ich bin von Natur aus neugierig, und die Geheimniskrämerei geht mir auf die Nerven. Ich weiß nicht, wie es bei Ihnen ist, aber mir bereitet dieser Ermes, der akrobatische Kunststücke vollbringt, um seinen Kopf in eine Schlinge zu bringen, beinahe körperliches Unbehagen. Und wenn es so ist, dann weiß ich, daß ich nachts nicht schlafen kann. Sagen Sie mir eins, Pugliese ... wäre es Ihrer Ansicht nach Unsinn, zu dieser Tripolina zu gehen und ihr ein paar Fragen über Ricciotti zu stellen?«

Pugliese lächelte boshaft und sah De Luca von der Seite an; der starrte in die leere Tasse, als wolle er aus dem Kaffeesatz wahrsagen.

»Meiner Meinung nach ja, denn mein Vorgesetzter hat den Fall abgeschlossen, ich habe den Bericht gegengezeichnet, verdammt noch eins, und jetzt untersteht die Sache nicht mehr meiner Abteilung. Aber für Sie Vicecommissario der Sittenpolizei ... Wäre ja nichts dabei, wenn Sie ein paar Fragen über einen Puffaufseher stellen, der sich erhängt hat.« Er warf ihm noch einen raschen, etwas hinterlistigen Blick zu. »Es geht ja nicht darum, neue Ermittlungen einzuleiten, oder? Nur ein paar Fragen stellen.«

»Nur ein paar Fragen ...«, bekräftigte De Luca.

»Nur um sich ein etwas klareres Bild zu machen...«
»Ein etwas klareres Bild, ja...«
Beide traten einen Schritt vom Tresen zurück, aber Pugliese war schneller, legte Daumen und Zeigefinger aneinander und bedeutete dem Barmann mit einer flatternden Handbewegung, daß alles auf seine Rechnung gehe, noch bevor De Luca seinen Geldbeutel hatte zücken können.

SIGNORE E SIGNORINE, ACHTUNG: BITTE BEMÜHEN SIE SICH, DEN WAHLSCHEIN ZU VERSCHLIESSEN, OHNE IHN MIT LIPPENSTIFT ZU VERSCHMIEREN. ES IST STRENGSTENS VERBOTEN, DIE WAHLZETTEL ZU MARKIEREN, SIE ZU UNTERZEICHNEN, DIE AUSRUFE ›VIVAT‹ ODER ›NIEDER MIT‹ ZU SCHREIBEN. DER KOPIERSTIFT MUSS UNBEDINGT WIEDER ZURÜCKGEGEBEN WERDEN.

Die gelblichen halbmondförmigen Glasscheiben über den Haustüren in der Via delle Oche, vor denen sich fächerförmig angeordnete Metallstäbe abhoben, sahen aus wie Zitronenschnitze. Von sauren, blassen Zitronen, denn auch wenn sich die Luft bereits abendlich grau gefärbt hatte, war es noch nicht so dunkel, daß die Lichter angeschaltet werden mußten; und so wirkten die Glühbirnen fahl hinter dem Mattglas in der untergehenden Sonne.

Die Straße war schon belebt. Ein Mann mit tief ins Gesicht gezogenem Hut eilte dicht an den Häusern entlang durch den Laubengang. Ein anderer wartete, einen Fuß auf die Eingangsstufen gesetzt, und trommelte nervös mit den Fingern an die Wand neben dem Klingelschild. Zwei Soldaten gingen mitten auf der Straße, nur einer in Uniform, aber der jüngere war gewiß auch beim Militär, waren doch seine Haare so kurz, daß sich der runde Schädel deutlich abzeichnete; er war schon so betrunken, daß er in das schmale Wasserrinnsal sprang, das zum Gully mitten in der Straße floß.

»Bologna hat eindeutig eine *rote* Gemeindeverwaltung«, sagte Pugliese und berührte De Luca am Arm. Einem Raubtier gleich hob er den Kopf und deutete mit dem Kinn auf einen Aushang an einer Säule. Das Plakat im Querformat war zu breit für die Säule, so daß es mit seinen nach hinten gebogenen Seiten wie ein Quadrat wirkte; es handelte sich um eine Traueranzeige: Die Schrift in fetten Druckbuchstaben, *Onorevole Goffredo Orlandelli*, darunter in dünnerer Kursivschrift *cav. uff. avv. dott.*, war schwarz gerahmt.

»Die Todesanzeige für den Abgeordneten ›Heimischer Herd und Kirchenbank‹ in der Via delle Oche aufzuhängen, das ist beinahe eine Verhöhnung.«

De Luca lächelte und deutete auf ein anderes Schild, das vor einem geschlossenen Fenster lehnte und von einer Säule fast verdeckt wurde. *Wir haben die Ferrarese* stand da in unregelmäßigen Druckbuchstaben, mit rotem Bleistift gemalt. »Das paßt vielleicht besser«, sagte er und hob erneut den Arm, um jetzt auf die Hausnummer auf einer weißen Majolikakachel genau zwischen dem Schild auf dem Fensterbrett und der geschlossenen Haustür mit schmalen Flügeln zu zeigen. Es war die Nummer 16, doch aus dem rechteckigen Fensterschacht mit dichtmaschigem Drahtgitter in Rautenform über dem Eingang fiel noch kein Licht.

»Es gibt nicht einmal eine Klingel«, sagte Pugliese. Er klopfte zweimal mit den Fingerknöcheln gegen das helle Türholz und jagte sich dabei einen dünnen Splitter bis zur Hälfte unter die Haut an der Handkante.

»Verflixt und zugenäht ...«, fluchte Pugliese leise und warf einen schrägen Blick auf einen Mann in kurzer Jacke, ehemals ein Militärmantel; der Typ hatte sich hinter ihnen aufgestellt und sah Pugliese grinsend zu. De Luca näherte sich der Tür und wollte seinerseits klopfen, als eine zarte, fast kindliche Stimme durch das Gitter eines Fensters ertönte, das unten in der Wand, beinahe auf Kellerhöhe, eingelassen war. »Wir haben geschlossen ... Wer ist da?«

De Luca beugte sich, die Hände auf die Knie gestützt, zu dem vergitterten Fenster hinunter. »Vicecommissario De Luca«, sagte er, »Sittenpolizei.«

Der Mann in der kurzen Jacke grinste jetzt nicht mehr, grüßte mit einem Nicken und ging eilig davon. Auch im Innern des Hauses hatte sich jemand in aller Eile entfernt. Hinter der Tür war ein rasches Schlurfen, ein Stoffraschen zu hören, das in ein Geräusch überging, wie es nackte Füße auf dem Boden machen, als hätte sich das Mädchen die Schuhe ausgezogen, um schneller laufen zu können. De Luca schaute schwer atmend zu Pugliese, der an seiner Hand saugte. Dann hob er den Arm, aber auch diesmal brachte er es nicht fertig anzuklopfen. Ein klareres, jetzt eindeutigeres Rascheln näherte sich, ein Augenblick Stille, ein kurzes Zögern, dann ein heftiger Ruck, als würde die Tür aus ihrer Verankerung im Rahmen gerissen. Ein stechend scharfer Geruch schlug De Luca entgegen; er mußte die Augen zusammenkneifen und verschluckte sich fast am sauren Zitronengeruch; angewidert verzog er das Gesicht.

»Es ist Lysoform«, sagte eine Frau. »Wir haben geschlossen und machen Hausputz.«

»Und den macht ihr abends?« fragte Pugliese, der einen Schritt unter den Bogengang zurückgetreten war.

»Beim Wechsel alle zwei Wochen. Während wir auf die Neuen warten.«

»Und beim Putzen wollt ihr euch den Vergiftungstod holen?«

»Hier riecht man es stärker, weil die Fenster nach vorne von Gesetz wegen nicht geöffnet werden dürfen. Außerdem sind wir daran gewöhnt.«

De Luca hustete hinter vorgehaltener Hand, es war ein harter Husten, der ihm den Hals frei machte und die Tränen in die Augen trieb. Für einen Moment sah er die Frau durch einen glänzenden, feinen Schleier, was ihn an die Nahaufnahmen amerikanischer Filmschauspielerinnen erinnerte, auf denen durch Filter der Effekt einer Luftspiegelung erzielt wird. Wie war er auf diese Idee gekommen? Die Frau mußte diesen Zweifel in seinen Augen gelesen haben, denn sie betrachtete ihn mißtrauisch. Sie hatte überhaupt nichts mit einer amerikanischen Filmschauspielerin gemein, dafür war sie viel zu ungepflegt, zu rundlich, zu verlebt und zu dunkelhäutig. Ihr schwarzes Haar war zu einem Knoten im Nacken aufgesteckt, eine lange gewellte Strähne hing ihr bis auf die Schulter, und glattere Ponyfransen fielen ihr über die gewölbte Stirn fast bis auf die Augen. Die schwarzen Augenbrauen traten scharf hervor, ebenso die Falten auf den hohen Wangenknochen und um den Mund mit den vollen, ungewöhnlich dunklen Lippen. Sie war vielleicht dreißig Jahre alt, und sie war keine Schönheit.

»Das Fräulein verstößt gegen die öffentliche Sittlichkeit«, sagte Pugliese boshaft, und erst jetzt fiel De Luca auf, daß sie nur einen hellen Unterrock trug, der ihr bis zum Knie reichte, und eine schwarze Wollstola schräg über die Schultern drapiert hatte.

»Ich bin in meinen vier Wänden«, sagte die Frau, immer noch De Luca fixierend. »Und wir haben geschlossen.«

Pugliese lächelte und stieß die Luft aus, was wie ein Knurren klang. »Ich bin jetzt schon seit zwanzig Jahren bei der Polizei, und mir ist noch keine Puffmutter untergekommen, die einen Kommissar des Sittendezernats an der Tür stehenläßt.«

»Ich lasse niemanden an der Tür stehen. *Die Polizei ist befugt, sich jederzeit Zutritt zu den Räumen des Dirnenwesens zu verschaffen*«, zitierte sie. »Sie sind es, die auf der Türschwelle stehenbleiben. Wenn Sie möchten, treten Sie ruhig ein.«

Nicht einen Zentimeter hatte sie sich von der Stelle gerührt.

De Luca reckte den Hals und warf einen Blick in den bis auf halber Höhe weiß gekachelten Vorraum. Er sah einen Tisch, eine Tischlampe mit schiefem Schirm und abgerissenen Fransen und im Hintergrund eine breite Treppe mit Metallgeländer, die sich oben im Dunkeln verlor. Das Ganze hätte genausogut eine öffentliche Badeanstalt sein können und kein Bordell. »Ist nicht so wichtig«, meinte er und hielt Pugliese zurück, der schon Anstalten machte, die Frau zur Seite zu drängen, um sich mit Schwung ins Haus zu stürzen.

»Nur ein paar Fragen, nur um den Fall abzuschließen. Ermes Ricciotti ...«

»Der ist tot.«

»Das wissen wir. Ermes Ricciotti ...«

»Hat sich erhängt.«

De Luca nickte und unterdrückte den Hustenreiz, den ihm das Lysoform verursachte. »Das wissen wir auch. Wir wissen eine ganze Menge, aber wir wollen noch mehr wissen. Sie sind die Tripolina, nicht wahr? Wie heißen Sie mit Vornamen?«

»Claudia.«

»Und weiter? Claudia Tripolina?«

»Nein, Tagliaferri Claudia, mit Künstlernamen Tripolina.«

»Gut ... also Signora Tagliaferri Claudia, mit Künstlernamen Tripolina; erzählen Sie mir bitte, was für ein Typ dieser Ricciotti war, mit welchen Leuten er verkehrte und aus welchem Grund er sich Ihrer Meinung nach das Leben genommen hat ... Lassen Sie mich auch mit den Mädchen sprechen, die Ricciotti näher kannten. Andernfalls muß ich gemäß Artikel Sieben der Rechtsordnung zur Öffentlichen Sicherheit vorgehen, Sie wissen schon, das Gesetz über das Dirnenwesen, und Sie werden sehen, daß ich einen Weg finde, um Signora Tagliaferri Claudia, mit Künstlernamen Tripolina, die Gewerbelizenz zu entziehen.«

»Signorina.«

De Luca biß die Zähne zusammen, und ein eiskalter Schauder lief ihm über den Rücken. Er warf einen Blick zu Pugliese, der staunend dastand und dümmlich lächelte. Doch dann blickte er wieder zu der Frau, die ihm ungerührt in die Augen sah, die Arme reglos an den Hüften über dem Unterrock aus Atlas; am Rand ihrer schmal gewordenen Lippen zeichnete sich eine immer heller werdende Linie ab. In der Erscheinung von Signorina, nicht Signora Tagliaferri Claudia mit Künstlernamen Tripolina, die abweisend und unbeweglich im Türrahmen eines Bordells stand, das eher einer öffentlichen Badeanstalt glich, lag eine Mischung aus Wut und Furcht. Für einen Augenblick schien die Furcht zu überwiegen, dann beugte sich Tagliaferri Claudia mit Künstlernamen Tripolina, Signorina, nicht Signora, hastig zu Boden, streifte sich einen Pantoffel vom Fuß und zerquetschte mit einem heftigen Schlag, der im Eingangsraum widerhallte, eine Kakerlake an der Wand.

»*Madonna mia*«, stieß Pugliese scharf aus, denn er war bei dem Schlag zusammengefahren. »*Commissà*, ich gehe in den Puff nebenan, um im Amt anzurufen und zu hören, ob jemand nach mir verlangt hat ... So beruhige ich mich in der Zwischenzeit wieder. Wenn Sie gestatten, gebe ich Ihnen einen Tip bezüglich einer Verhaftung, denn das Stimmlein, das wir vorhin an der Tür gehört haben, war das einer Minderjährigen, und vielleicht ist Signorina Tripolina nicht darüber informiert, daß in einem öffentlichen Bordell keine Minderjährigen zugelassen sind. Wenn Sie gestatten.«

»Die Lisetta ist nicht minderjährig ... Sie ist längst einundzwanzig, auch wenn sie noch eine Kinderstimme hat. Ich kenne die Gesetze gut.«

Aufbegehrend, aber mit leiser Stimme hatte sie diese Worte gesagt, als spräche sie zu sich selbst, und hatte auch ihren Blick abgewandt; noch immer hatte sie den Hausschlappen in der Hand und den nackten Fuß auf ein Knie gestützt. Der Unterrock war hochgerutscht, und De Luca fand, daß sie doch nicht so verschlampt und fett war, wie sie ihm anfangs vorgekommen war. Und auch das Gesicht war im Grunde nicht so verlebt ... Gezeichnet, ja, aber nicht übermäßig. Sie war vielleicht dreißig Jahre alt – und möglicherweise doch eine Schönheit.

»Sind Sie wirklich in Tripolis geboren?« fragte er.

Die Tripolina schüttelte den Kopf. Sie putzte die Spitze des Hausschuhs am Türpfeiler ab und ließ ihn zu Boden fallen, drehte ihn mit dem Fuß um und drückte ihn gegen die Tür, um hineinzuschlüpfen. »Nein, ich bin in Alessandria zur Welt gekommen. Aber nicht das in Ägypten ... Alessandria im Piemont. Man nennt mich die Tripolina, weil ich das Gewerbe während des Krieges zwei Jahre lang auch in den Kolonien ausgeübt habe. Aber da hatte ich diesen Namen schon, es ist wegen der Haut, die war immer schon ziemlich dunkel ...«

»Was für ein Typ war Ricciotti?«

Die Tripolina hob die Augen und hatte erneut diesen harten Blick. Sie preßte die Lippen aufeinander.

De Luca schloß die Augen und biß die Zähne zusammen. Er zischelte: »Morgen früh, Abmarsch ins Polizeipräsidium! Du und alle Mädchen, die Ricciotti gekannt haben ...«, und dabei schnippte er mit dem Daumen gegen das Schild auf dem Fensterbrett, »die Ferrarese eingeschlossen.«

Die Tripolina öffnete mit einem unterdrückten Stöhnen, beinahe schluchzend die Lippen, und De Luca legte wieder staunend die Stirn in Falten. Sie aber beugte sich rasch aus der Türöffnung, raffte den Unterrock über dem Busen zusammen und riß den Anschlag vom Fenster; dann hob sie den Kopf, weil die Fensterläden des Hauses gegenüber, die schon seit Jahren vor sich hin rosteten, mit einem schrillen Quietschen aufgingen. Auch De Luca wandte sich um und warf einen Blick zu Pugliese hinauf, der das Fenster mit beiden Händen aufhielt, während hinter ihm eine Frau versuchte, es wieder zu schließen, und ständig jammerte: »*Dottore*, das darf man nicht, *dottore*.«

»*Commissà*, ich muß von hier weg«, brüllte Pugliese, »und ich bitte Sie um einen persönlichen Gefallen, kommen Sie mit ... In Montagnola hat man einem Kerl die Gurgel durchgeschnitten.«

DRUCKEREI IN REGGIO ZERSTÖRT: EINE AUSGABE DER
›PENNA‹ MIT ENTHÜLLUNGEN ZUM PLAN K VERNICHTET.

SCHWEIGEN ÜBER DEN MONARCHISTISCH-FASCHISTI-
SCHEN WAFFENHANDEL IN BOLOGNA.

Das Gras schimmerte im Blitzlicht der Fotografen.
Mit einem Schlag war es taghell erleuchtet, und jeder
einzelne glänzend rote Grashalm war zu unterschei-
den; dann wurde wieder ein unförmiger Grasfleck
daraus, dunkler als der Rest der Wiese, die sich über
die steilen Hügel des Parks von Montagnola hinzog.
In der Mitte des Grasflecks lag ein Mann, dessen
Beine in die Luft ragten und sich kreuzend eine Vier
zeichneten. Er hatte die Arme unterm Kopf und die
Blitzlichter spiegelten sich zuckend in den Metall-
knöpfen seines Jacketts, den Brillengläsern schräg
über der Stirn, sogar in den Zähnen zwischen den
Lippen, die zu einem Lächeln verzerrt waren.
»Hier kann wahrlich nicht die Rede von Selbsttö-

tung sein, Commissario ... Passen Sie auf, das Fahrrad!«

Auf dem Pfad oberhalb des Grabens lag umgestürzt eine Bianchi mit Ballonreifen. De Luca war in den Anblick der Leiche dort unten inmitten des dunklen Flecks, der uniformierten Wachposten und der Fotografen des Erkennungsdienstes versunken und stieg beinahe instinktiv über das Fahrrad hinweg. Er wäre gern schneller unten gewesen, aber der Abhang war steil und nur schwach von der Karbidlampe des Nachtwächters erhellt. Dann tauchte ein Fiat millecento zwischen den Bäumen des Parks auf, hielt mit laufendem Motor auf der Höhe der Erdaufschüttung an, und ein uniformierter Beamter mit einer Kabelklemme in der Hand öffnete den Kofferraum. Das weiße Licht eines Reflektors, das schlagartig und grell wie die Fotoflashs aufleuchtete, warf einen übermäßig langen Schatten De Lucas bis zur Leiche im blutverschmierten Gras.

Aus dem Fiat millecento war ein Mann mit Staubmantel über den Schultern gestiegen. Er war gleich losgerannt und prompt auch längs des Grabens ausgerutscht, wobei er blitzschnell De Luca kreuzte, der ihn am Arm packte und wieder zum Stehen brachte. Dabei war ihm aufgefallen, daß der Mann unter dem Mantel einen Smoking mit weißer Fliege trug.

»Was zum Teufel ist passiert?« rief der Mann und fing sich einen Schritt vor dem Toten. Er hob den Fuß, um seine Lackschuhe im Scheinwerferlicht zu begutachten, und murmelte: »O mein Gott, das ist ja

Blut«, tat einen Schritt zurück und verließ eiligst den dunklen Grasflecken. »Pugliese!« rief er aufgebracht und wischte die Schuhsohlen an dem Gras ab, »Maresciallo Pugliese! Was verdammt noch mal ist hier geschehen?«

»Ein Toter, *dottore*«, antwortete Pugliese gequält, »Opfer eines Mords. Bleiben Sie ja auf dem Kies, Sie ruinieren sich sonst die Schuhe...«
De Luca war inzwischen näher gekommen und hatte die Hände in den Hosentaschen, um von innen den Hosensaum hochzuziehen. Jetzt war er auf der Höhe des Nachtwächters mit der Lampe und drückte dessen Arm nieder, um dem Leichnam besser ins Gesicht zu leuchten. Ein Mann in Hemdsärmeln stand über den Toten gebeugt und hob den Daumen: »Gut, genau, so ... danke. Jetzt ein wenig tiefer, ich will seine Hände sehen. Der muß wie eine Katze gekratzt haben, sämtliche Fingernägel sind abgebrochen...«

»Ist das dort Gold?« fragte De Luca und deutete auf etwas Funkelndes am Hals des Toten.

»Das ist Gold. Auch am Finger hat er welches... einen dicken Ring. Und die Armbanduhr.«

»Wie steht's mit dem Geldbeutel?«

»Hier ist er, *dottore*...«

Ein uniformierter Polizeibeamter reichte De Luca, am Nachtwächter vorbei, eine dünne Brieftasche aus hellem Leder und sprang sofort wieder zurück, um den Lichtkegel nicht zu verdecken; der Mann in Hemdsärmeln rollte auch schon das heisere R eines bestimmten Schimpfworts auf der Zunge. De Luca wog die Brieftasche auf der Handfläche. Sie war leicht, dünn und glatt, und eine Blume war auf das helle Leder gestanzt. Es war eine elegante Brieftasche aus Kalbsleder, beinahe ein Damenmodell. Er wollte sie gerade öffnen, als der Mann im Smoking, auf Zehenspitzen gehend, auch schon vor ihm stand. »Commissario Bonaga, Leiter des Morddezernats«, stellte er sich vor und streckte De Luca die Hand hin; der betrachtete sie eine Weile unschlüssig. Die Handfläche war nach oben gekehrt.

»Oh, gewiß doch ... die Brieftasche«, besann sich De Luca und legte sie ihm auf die Fingerspitzen, errötend, ob aus Beschämung oder aus Empörung, wußte er selbst nicht genau.

Bonaga reichte sie auf der flachen Hand an Pugliese weiter. »Das fehlte gerade noch«, sagte er, »unter Kollegen ... Hast du gesehen, wie ich gekleidet bin? Ich war auf dem Weg, um mir mit meiner Verlobten die neueste Revue von Totò *Paß auf, sonst freß ich dich* anzusehen, als jemand aus dem Präsidium bei mir zu Hause anrief ... oh, zu Hause, habe ich gesagt. Kannst du dir das vorstellen?«

Jovial hatte er De Luca eine Hand auf die Schulter gelegt, aber der merkte das nicht einmal. De Luca beobachtete Pugliese und reckte den Hals, um sehen zu können, was in der Brieftasche war.

»Piras Osvaldo, Sohn des Gavino, geboren in Sassari im Jahr 1902 ...«, las Pugliese vor und hielt den Personalausweis schräg, damit Licht darauf fiel.

»Jedenfalls lebt es sich hier nicht schlecht, du wirst das selbst merken. Es ist eine ruhige Stadt, abgesehen von ein paar Zwischenfällen wie dem hier ...«

Pugliese zog einige in der Mitte gefalzte Hunderlirescheine aus der Brieftasche und ließ die Ecken rasch zwischen den Daumen hindurchgleiten.

»Drei«, brummte er und warf De Luca einen Blick zu. Dann holte er mit spitzen Fingern einen vierfach gefalteten Zettel aus dem Dokumentenfach und faltete ihn auseinander.

»Auch der Polizeipräsident ist ein friedfertiger Mensch, vorausgesetzt, er ist nach den Wahlen noch im Amt ...«

De Luca blickte zu Pugliese, der gleichgültig mit den Achseln zuckte. Er konnte nicht an sich halten. »Was ist es?« fragte er.

»Ja, eben, was ist es?« erkundigte sich auch Bonaga.

Pugliese hielt das Papier mit drei Fingern in die Höhe, damit De Luca es sehen konnte. »Es ist ein Werbezettel für ein Fotostudio in der Via Marconi. Unser Piras war Fotograf.«

Bonaga wedelte mit der Hand, als wollte er die Wörter aus der Luft verscheuchen. »Ist ja gut, Maresciallo. Legen Sie alles auf einen Haufen, und morgen früh schauen wir es uns im Büro an. Hier scheint alles klar zu sein, oder nicht? Dieser Typ kam auf dem Nachhauseweg durch den Park und wurde ermordet, weil man ihm das Geld klauen wollte ...«

»Er hat noch alles Geld bei sich, *dottore*«, widersprach Pugliese mit einem hinterhältigen Lächeln und warf De Luca, der, das Kinn zwischen den Händen, nachdenklich das Gras anstarrte, einen Blick zu.

»Also dann ist er ein Hurenjäger«, sagte Bonaga. »Die Montagnola ist doch eine Strichgegend, oder? Er ist auch halb entkleidet! Also jetzt ist alles klar: Während er sich mit einer vom Gewerbe ins Gebüsch schlagen wollte...«

»Ich habe auch an so etwas gedacht«, sagte De Luca, als spräche er mit sich selbst. »Doch dann hätte er sein Fahrrad an einen Baum gelehnt, und wir hätten es nicht im Graben gefunden. Den hier haben sie abgepaßt, haben ihm die Gurgel durchgeschnitten, und dann ist er den Abhang hinuntergestürzt. Erst danach haben sie in seinen Taschen herumgeschnüffelt, und als der Nachtwächter auftauchte, sind sie abgehauen.«

Bonaga legte eine Hand auf De Lucas Schulter, und dieses Mal spürte er sie schwer und unangenehm, genau wie den aufdringlichen Geruch der Brillantine – selbst im Freien –, wenn er ihm mit dem Kopf zu nahe kam. »Oho, Herr Kollege ... machen Sie mal langsam mit Ihren Theorien. Bis auf weiteres bin ich der Leiter der Mordkommission! Und ich gestatte Ihnen nicht...«

»Aber da schau nur einer her!« Pugliese hatte die Brieftasche noch gründlicher untersucht und eine viereckige dünne Karte herausgezogen.

»Der hier ist Kommunist, *commissà*. Er hat sogar das Parteibuch.«

Bonaga schnellte vor, ungeachtet der eleganten Abendschuhe, die im blutverschmierten Gras einsanken, und riß Pugliese die Brieftasche aus der Hand. »Ein Kommunist? Und das sagst du mir jetzt erst? Gib mal her.«

Er zog den Ausweis aus der Tasche und rannte tiefgebeugt, eine Hand streifte das Gras, um nicht auszurutschen, den Graben hinauf.

»Was glaubt ihr, wen er jetzt ruft? Scala oder D'Ambrogio?« fragte Pugliese in die Runde.

»Vielleicht beide. Auch wenn der gesunde Menschenverstand ihm eigentlich raten sollte, schnurstracks in die Wohnung des Toten zu gehen. Denn wenn sie ihn nicht wegen des Geldes umgebracht haben, haben sie das, wonach sie suchten, entweder schon gefunden, weil er es bei sich hatte, oder eben nicht, weil er es bei sich zu Hause versteckt hatte.«

»Eine schöne Scheiße, *commissà* ... Wir brauchen einen richterlichen Durchsuchungsbefehl, wenn wir in seine Wohnung wollen.«

»Stimmt. Aber um mögliche Angehörige von seinem Ableben zu unterrichten und sich zugleich etwas umzusehen, bedarf es dessen nicht.«

»Und wenn er allein lebt, ohne Familie?«

»Dann lassen wir uns vom Hausmeister aufschließen.«

Pugliese atmete schwer und zog die Schultern hoch. »Ich weiß nicht, ich weiß nicht ... *commissà*, ich bin bei der Mordkommission, und meine Dienstanweisungen erhalte ich von Bonaga ...«

»Und ich bin beim Sittendezernat, und die Befehle erteile ich mir selbst. Sagen Sie mir die Adresse, Maresciallo, damit ich Ihnen den Umstand erspare, die Verwandtschaft des Opfers zu benachrichtigen.«

Pugliese schüttelte den Kopf und biß sich auf die Lippen. Dann breitete er die Arme aus, ließ sie wieder sinken und schlug die Hände zusammen. »Er wohnt in einem Palazzo in der Via Marconi ... Aber ich verrate Ihnen nicht, wo, ich begleite Sie persönlich. Ich bin dabei. *Marò, commissà*, wenn Bonaga zurückkommt und mich nicht mehr vor Ort antrifft, macht er mir die Hölle heiß.«

»Sie tun alles einfach, auch für das hier müßten wir nämlich einen Durchsuchungsbefehl ...«

De Luca tippte sich mit der Fingerspitze an die Nase, und Pugliese nickte mit erhobener Hand. Er hatte im Flüsterton gesprochen, denn der Portier des Palazzos hatte ihnen zwar den Rücken zugekehrt, war jedoch noch in Hörweite auf dem Weg zu seiner Pförtnerloge. Er verschwand hinter dem Vorhang und tauchte mit einem Schlüsselbund wieder auf. Die Schlüssel waren so dicht auf einem Metallring aufgefädelt, daß sie nicht einmal klirrten, als er das Bund auf der flachen Hand hüpfen ließ. Unbeweglich stand er am Eingang seines Pförtnerhäuschens und kratzte sich über einer dünnen Haarsträhne am Kopf. »Aber wissen Sie, *commissà*, in meinen Augen ist es nicht ganz ordnungsgemäß, einfach so hinaufzugehen ... Ist Signor Piras wirklich ermordet worden?«

Als De Luca nickte, kam er achselzuckend aus seiner Loge und deutete mit erhobenem Kinn auf den Aufzugskäfig. »Also dann ... Ich glaube, da wird keiner was einzuwenden haben. Signor Piras war ja immer allein ... abgesehen von den *Besuchen*.«

Das hatte er leichthin über die Schulter gesagt, während er die kleine Eisengittertür des Fahrstuhlgehäuses aufzog; die Türflügel aufklappend, säuselte er mit geschürzten Lippen: »Ein komisches Frauchen, lustig ... Ich weiß nicht, ob ich mich klar ausdrücke.«

»Das tun Sie, das tun Sie«, brummte Pugliese beim Betreten des Aufzugs. »Wollen Sie sehen, daß Bonaga am Ende doch recht hatte, *commissà*? Es wäre das erste Mal ...«

Der Portier trat beiseite, um De Luca vorbeizulassen, dann beugte er sich aus der Tür und drückte auf den Lichtschalter auf der Wand vor sich. Das Relais klickte, und das ovale hohe Treppenhaus in der Mitte des Gebäudes war erleuchtet. »Gewisse Sachen hat es früher einfach nicht gegeben«, erklärte er und schlug mit den Fingern auf das Geländer aus dunklem Marmor, das der Treppe entlang um das Aufzugsgehäuse herum nach oben führte. »Sagt, was ihr wollt ... Sagt ruhig, daß er ein Halunke war, ein Verbrecher, doch als *Er* das Sagen hatte, gab es bestimmte Sachen einfach nicht! *Alé* ... und jetzt legen Sie mir ruhig die Handschellen an, wenn Sie wollen!«

Und mit diesen Worten streckte der Pförtner die überkreuzten Handgelenke aus und hob das Kinn, wobei ihm eine kleine Haarsträhne in die Stirn fiel. In diesem Augenblick stoppte das Surren des Relais, und das Treppenhaus lag mit einem Schlag wieder im Dunkeln.

De Luca lehnte am Spiegel im Aufzugsinnern und schnaubte ärgerlich, die Arme über der Brust verschränkt. »Machen wir schnell, bitte.«

»Ja«, sagte Pugliese. »Lassen Sie es mit dem Licht gut sein und kommen Sie herein, wir können auch im Dunkeln nach oben fahren. Und behalten Sie Ihre politischen Weisheiten für sich, in ein paar Tagen sind sowieso Wahlen.«

»Ja, das stimmt! ... Und Sie können Gift darauf nehmen, daß ich meine Stimme dem Uomo Qualunque gebe! Früher war wirklich alles besser, lassen Sie sich das von mir gesagt sein ...«

Der Pförtner drückte auf den obersten Knopf, und der Metallkorb setzte sich in Bewegung. Pugliese antwortete nicht, aber auch in der Dunkelheit war das Lächeln in seinem Gesicht zu ahnen. De Luca aber stöhnte fast und hatte das Gefühl, mit einem ganz schwachen Zittern nach oben befördert zu werden, aber so langsam, daß er eher stillzustehen schien. Sich an die Schwärze gewöhnend, schloß er die Augen und nahm durch die Lider den hellen Reflex der vorübergleitenden Wände wahr, was ihn irritierte. Urplötzlich wie immer packte ihn die Müdigkeit, ließ sich schwer, fast fühlbar auf Nacken und Schultern nieder, und sogleich fielen seine Arme schlaff herab. Im Geist spann er sich etwas über Piras, die Montagnola und die möglichen Entwicklungen in diesem Fall zurecht und war dabei, das Kinn auf der Brust, in einen unruhigen Schlaf abzusacken, als er den leicht alarmierten Ton in Puglieses Stimme vernahm und die Augen aufriß.

»Im letzten Stock brennt Licht.«

De Luca hob den Kopf zum dunklen Rand der Treppen, der sich von oben näherte, und sah den dünnen gelben Lichtstreifen, der unter der Tür hindurchdrang. Es gelang ihm noch, den dunklen Schatten wahrzunehmen, der den Streifen auf Fußbodenhöhe unterbrach, nach oben stieg und im Gegenlicht die klaren Umrisse eines Mannes hatte. Dann sah er die langen bläulichen Flammen und die Funken auf dem Metallgitter, die glühend in der Dunkelheit aufstoben.

Der Portier brüllte, und auch De Luca schrie zusammengekauert aus der Ecke des Aufzugs, in der er mehr wegen der betäubenden Explosion der Schüsse als aus tatsächlicher Angst Zuflucht gesucht hatte. Er schob die Hand in die Manteltasche, tastete nach der Pistole, aber Pugliese hatte die seine schon gezückt und ballerte los. Im Aufzuggehäuse regnete es Holz- und Glassplitter. Die Detonation schien in De Lucas Magen widerzuhallen und schnitt ihm die Atemluft ab. Als der Aufzug mit einem Ruck stehenblieb, warf er sich, geleitet vom Widerschein des zerbrochenen Glases, gegen die aus den Angeln geratenen Türflügel und zog mit den Fingern an den Maschen der Aufzugstür.

Jemand knipste das Licht an. De Luca stand mit eingeknickten Beinen, ausgestreckten Armen und der Pistole in der Hand reglos und unentschlossen auf dem Treppenabsatz, als solle er fotografiert werden; und eine ähnliche Haltung hatte Pugliese, der zu ihm hinschaute. Im Treppenhaus stand eine Wohnungstür offen; sie rannten darauf zu und stürzten hinein.

»Kacke!« fluchte Pugliese und rutschte, den Kopf voran, auf dem Fußboden aus. De Luca machte einen Sprung über einen umgekippten Stuhl und hielt sich am Tisch fest, um nicht über eine Schublade zu stolpern. Erst jetzt hatte er das Zimmer deutlich vor Augen: Es sah aus wie nach einem Bombeneinschlag. Der Boden war mit Blättern, Büchern, Glasscherben und der Füllung des Sofas übersät, das jemand mit einem Messer aufgeschlitzt hatte. Das Fenster zur Vorderfront stand offen; er stürzte darauf zu, klammerte sich am Rahmen fest und konnte gerade noch die Gestalt eines Mannes erkennen, der gebückt, von einem Ziegel zum nächsten hüpfend, übers Dach hetzte. Er setzte ein Bein über die Fensterbrüstung und berührte mit der Schuhspitze das Sims, hinter dem der Palazzo steil zur Straße abfallen mußte. Als er über die Regenrinne in die Tiefe sah, schnürte es ihm den Magen zu. So hob er die Pistole, kniff das linke Auge zusammen und legte auf jenen gekrümmten Schatten an, der auf einen blassen, teils von einer bläulichen Wolke verdeckten Mond zulief, und rief: »Polizei! Halt, oder ich schieße!«

Die Schattengestalt hielt inne, wurde noch kleiner und drehte für einen Augenblick den Kopf zur Seite, so daß das Profil im bläulichen Licht zu erkennen war. Dann machte der Mann einen Sprung zur Seite und stampfte mit einem dumpfen, rauhen Geräusch auf die Ziegel, hob vom Dach ab in Richtung des Gebäudes auf der anderen Straßenseite. De Luca kam es tatsächlich so vor, als flöge jener Mensch, die Arme über dem Kopf, die Beine wie ein Vogel angewinkelt, und der offene Mantel flatterte wie Schwingen in der Luft. Aber das dauerte den Bruchteil einer Sekunde, und gleich darauf hörte De Luca, wie die Fingernägel gegen die Hauswand schrappten und daran abrutschten. Der Schattenmann stieß einen Schrei aus und fiel schwer wie ein eingewickelter Steinbrocken in die Tiefe. Der Aufprall war so heftig, daß De Luca erschrocken den Kopf einzog.

»Pugliese! Polizeimeister Pugliese, kommen Sie hoch!«

De Luca hatte die Hände auf das schwarze Geländer im Treppenhaus gestützt und versuchte das leichte Schwindelgefühl zu unterdrücken, das ihn jedesmal überkam, wenn er in die Tiefe blickte. Ihm war, als könne er seine eigene Stimme nicht mehr hören. Auf den fünf Treppenabsätzen wimmelte es von Leuten im Morgenrock, im Schlafanzug, in Zivil, in Uniform, die immer heftiger lärmten. Es war ein Gemurmel, das in ein Rauschen überging, dann erhob sich ein Brausen, und unverständliches Geschrei hallte zwischen den Treppenabsätzen wider, schlüpfte in die offenstehenden Wohnungstüren, stieg im Innersten des Palazzos empor und füllte ihn so durchdringend und gewaltig aus, als wären die Geräusche greifbar geworden.

Schon bei den ersten Schüssen waren die Hausbewohner aus ihren Wohnungen gestürzt, als hätten sie hinter der Tür gewartet. Jetzt waren sie Pugliese im Weg, der, gegen den Strom ankämpfend, die Treppen hinunterlief; als ein Mann im Morgenmantel ihn mit der Pistole in der Hand herunterkommen sah, packte er ihn am Ärmelaufschlag des Mantels und schrie: »Was hast du getan, du Unmensch!« De Luca hatte seine Waffe in die Tasche zurückgesteckt und sich mit vorgereckten Händen auf der Schwelle der Wohnung aufgestellt. Er rief wieder und wieder: »Polizei! Hier kommt keiner rein, Polizei!« und drängte die Leute weg, bis der Treppenabsatz wieder frei war. Dann stellte er einen Stuhl verkehrt herum auf die Schwelle und kniete sich auf den Boden, um ziellos zwischen den verstreuten Papieren und ausgeleerten Schubladen herumzuwühlen, ohne wirklich etwas zu sehen. So hatte ihn der erste Mann des Streifenwagens vorgefunden, den der Pförtner gerufen hatte; wie Pugliese fluchte er laut, wobei er mit dem Schienbein gegen den umgekippten Stuhl stieß, und legte die Hand an die Pistole, die in der Waffentasche steckte.

Eine Frau, fest in ein Cape gehüllt, das aus einem deutschen Militärmantel gefertigt war, berührte ihn am Arm und gebot ihm in bestimmendem und zugleich mütterlichem Ton leise Einhalt: »Lassen Sie ihn in Ruhe, er ist Polizist.«

Vielleicht wegen dieses Tons, vielleicht auch wegen der dunklen Stellen, die die Abzeichen der *Feldgendarmerie* auf dem Mantel hinterlassen hatten, nickte der Beamte und salutierte, als De Luca ihn brüsk beiseite schob, um an ihm vorbeizugehen und sich übers Treppengeländer zu beugen: »Maresciallo Pugliese! Kommen Sie, ich habe etwas gefunden!«

Beim metallischen Surren des Aufzugs ging De Luca in Piras' Wohnung zurück. Er hockte sich am Couchrand auf ein rot bezogenes, über die ganze Breite aufgeschlitztes Kissen – der Schnitt wirkte wie ein Grinsen über beide Backen –, machte eine Ecke des kleinen Glastisches frei und legte das Gehäuse eines Fotoapparats darauf, an dem die Klappe abgerissen und der Transporthebel verbogen war, und sah es sich an. Er hatte den Apparat hinter dem schwarzen Vorhang, der das Zimmer vom Fotolabor trennte, auf dem Boden gefunden. In der Hand hielt er Fotoabzüge, die er, geknickt und nur halb hinter der Kommode verborgen, gefunden hatte, als wären sie zufällig dorthin gerutscht. Eine weiß gerahmte Vergrößerung war darunter, auf der quer übers Eck in unsicherer Handschrift *Ermes und Lisetta geben sich bald das Jawort* geschrieben stand. Unter der Schrift war ein schmächtiges, sehr junges Mädchen zu erkennen; es hatte sich bei Ermes Ricciotti eingehängt, der stocksteif in Jackett und Krawatte posierte. Das Mädchen im gestreiften Rock und mit Korksandalen wirkte viel lockerer als Ermes. De Luca erkannte die Kleidungsstücke, die auch auf dem abgerissenen Eckchen des Fotos im Zimmer von Ermes zu sehen waren. Beide lächelten auf einem Hintergrund aus gewellter Pappe, die De Luca, in Stücke gerissen, hinter dem schwarzen Vorhang gefunden hatte. Merkwürdig war, daß auch die anderen Fotos weiß gerahmt waren, und daß auf allen Ermes Ricciotti, steif in Jackett und Krawatte posierend, abgebildet war. Nur das Mädchen war immer ein anderes, ebenso wie die Beschriftung *Assuntina, Teresina, Lisetta* ...

»Vielleicht haben wir uns nicht richtig verstanden, *dottor* De Luca.«

De Luca hob den Kopf und erblickte an der Tür D'Ambrogio und nicht Pugliese, den er erwartete. Auch im Dunkeln hätte er ihn an seiner Falsettstimme wiedererkannt, die eher zu einem Kind als zu einem riesigen Mann mit runden, weißen Wangen und zusammengepreßten Lippen paßte.

Mit einem Satz war er auf den Beinen und hielt das Foto in der Hand. »Es gibt neue Erkenntnisse, *vicario*«, sagte er schwungvoll, »ich glaube, dieses Verbrechen steht in Verbindung mit ...«

»Vielleicht haben wir uns nicht richtig verstanden, *dottor* De Luca«, wiederholte D'Ambrogio, und De Luca hielt mitten im Zimmer inne.

»Ich dachte, der Polizeipräsident habe sich heute morgen klar und deutlich ausgedrückt ... Amtsüberschreitungen sind bei uns nicht erwünscht ... Was machen Sie hier?«

»Ich befand mich zufällig in Begleitung von Polizeimeister Pugliese ...«

»Den Maresciallo habe ich schon ins Präsidium geschickt, um dort über die Vorkommnisse zu berichten. Den knöpfe ich mir später vor. Was haben Sie hier verloren?«

»Zufällig ...«

»Zufällig, *dottor* De Luca, hielten Sie sich am Tatort eines Delikts auf, das nicht in Ihren Kompetenzbereich fällt, und ebenso zufällig waren Sie in eine nächtliche Schießerei verwickelt. Bologna ist nicht das Chicago der Revolverhelden, *dottore*. Was sind das für neue Elemente?«

De Luca machte einen Schritt, räusperte sich und zwang sich, seine Erregung zu unterdrücken: »Sehen Sie, Signor Vicario, zwischen diesem Piras und dem Mann, der im Bordell ermordet wurde, könnte eine Verbindung bestehen, geht man davon aus, daß merkwürdigerweise ...«

»Erstens wurde der Mann im Bordell nicht ermordet, sondern er hat Selbsttötung begangen.«

»Ist gut, aber ...«

»Kein aber, De Luca!« D'Ambrogios Stimme schraubte sich zu einem Triller empor, und sein Gesicht verfärbte sich. »Der Fall ist abgeschlossen. Es handelt sich um Freitod, und wir haben damit nichts mehr zu schaffen! Jener Kommunist, der heute abend umgebracht wurde, das ist ein Mordfall, der Sie rein gar nichts angeht, sondern Angelegenheit Bonagas ist, und das da ...« – bei diesen Worten ließ er die offene Hand kreisen und deutete auf das Zimmer – »dieses Chaos ist zunächst nur ein versuchter Einbruchdiebstahl, der Sie wiederum nicht betrifft, sondern das Überfallkommando! Wissen Sie, was Ihre Aufgabe ist, Vicecommissario De Luca? Den Huren auf den Fersen sein, darauf achten, daß keine Minderjährigen darunter sind und daß anständigen Leuten kein Tripper angehängt wird! Habe ich mich klar genug ausgedrückt, *dottore*?«

D'Ambrogio brüllte, und De Luca biß die Zähne zusammen, um nicht ebenfalls zu brüllen. Er hätte ihm gern ins Gesicht geschrien, daß es in dieser Geschichte einen ganzen Haufen Unklarheiten gebe und daß er im Laufe eines halben Tages mehr Indizien zusammengetragen habe, als es Bonaga innerhalb eines ganzen Jahres fertigbrächte; und daß er, wenn er auch beim Sittendezernat sei, in jedem Fall ein Polizist bleibe – und ein fähiger obendrein. Das hätte er ihm gern lauthals klargemacht, oder zumindest hätte er gern auch nur einen Brüller losgelassen. Statt dessen sagte er nichts, außer »ich bin nicht *dottore*«, und das mit leiser Stimme.

D'Ambrogio nickte, während seine Wangen wieder ihre teigige Farbe annahmen. Er packte De Luca am Arm und drängte ihn Richtung Tür. »Gehen Sie nach Hause«, sagte er, »überschlafen Sie die Sache, und morgen machen Sie Ihren Rapport über die

Schießerei ... ganz sachlich, ohne Schnörkel, die Schießerei und basta.«

Er reichte ihm die schneeweiße Hand, die De Luca automatisch drückte, und ohne eine Antwort abzuwarten, brummte er: »Gehen Sie, Vicecommissario, denken Sie an die Nutten, auch die sind wichtig«, und damit drängte er ihn beinahe liebevoll zur Tür hinaus.

Draußen an der frischen Luft schloß De Luca den Mantelkragen und stieß eine Dampffahne in das verspätete kühle Frühlingslüftchen. Er ging um einen unbesetzten Jeep herum, der mit zwei Rädern auf dem Gehsteig geparkt war und sah auf dem Trittbrett den Mann in Hemdsärmeln, den er schon in Montagnola bei dem toten Piras gesehen hatte.

Er tat nur einen Schritt vom Gehsteig hinunter und hielt inne, den Kopf zur Seite gewandt. »Der Mann, der vom Dach gestürzt ist ...«, sagte er leise.

»Der war auf der Stelle tot. Der mutmaßliche Dieb.«

»Der mutmaßliche Dieb, ja ... Hatte der Spuren im Gesicht oder auf den Händen?«

Der hemdsärmelige Mann lächelte. »Sie meinen Kratzer? Ja, er hatte zwei hier auf der Backe und einen auf der anderen Seite. Es verhält sich genau so, wie Sie denken, *dottore*.«

Auch De Luca lächelte. »Nicht *dottore*«, murmelte er und überquerte die Straße, genau in dem Augenblick, als D'Ambrogio aus dem Palazzo kam.

15. April 1948

Donnerstag

PROTEST IN CAVEZZO DI MODENA WEGEN DER BE-
SCHLAGNAHMUNG VON WAFFEN. IN DER GEGEND VON
CESENATICO WURDEN EIN 18ER GRANATWERFER MIT
MUNITION, ZWEI HANDBOMBEN, ZWEI MASCHINENGE-
WEHRE, VIER SELBSTLADEPISTOLEN SICHERGESTELLT.

FASCHISTISCHE SCHLÄGERTRUPPS, VON DER DEMOCRA-
ZIA CRISTIANA BEWAFFNET, ÜBERFALLEN DAS JÜDISCHE
GHETTO IN ROM.

WAHLLOTTERIE: ALLE KÖNNEN SPIELEN, ALLE KÖNNEN
GEWINNEN. MIT 100 LIRE EINSATZ KÖNNT IHR MILLIO-
NEN GEWINNEN. DIE SPIELSCHEINE GEHEN ZUR NEIGE,
KAUFT WELCHE, BEVOR ES ZU SPÄT IST.

Vom Fenster seines Büros aus konnte De Luca den
Bogengang des Palazzos gegenüber sehen. Das Fenster befand sich im ersten Stock, und durch den Kon-
densationsfleck, der sich beim Ausatmen ausbreitete
und sich dann wieder zusammenzog, sah De Luca
durch die Rundbögen bis zur Wand, die von jenem

dünnen und wabernden Nebel verschleiert war. Die Wände unter dem Gang waren mit bunten Plakaten bedeckt, die beinahe übereinander klebten – ein Regenbogen frisch aus der Druckerei, der dem Regen voranging, statt ihm zu folgen. Die Luft an jenem Morgen schillerte in Grautönen wie vor einem Gewitter. Ein in Rot gemalter affenähnlicher Unmensch eilte auf einer Landkarte dahin und streckte seinen nackten Fuß zu den Umrissen Italiens aus; darunter stand geschrieben: ›ACHTUNG! DER KOMMUNISMUS BRAUCHT EINEN STIEFEL!‹ Eine Hand war zu sehen, die das Kreuz vom christdemokratischen Wappenschild riß und darunter ein Bajonett sichtbar werden ließ, und auch da stand weiß gerahmt: ›ACHTUNG!‹; weiterhin gab es ein grün-gelbes Plakat mit den lächelnden Gesichtern von Rita Hayworth, Clark Gable und Tyrone Power, und darüber stand in winzigen roten Druckbuchstaben – De Luca mußte die Augen zusammenkneifen, um die Schrift zu entziffern: ›AUCH DIE HOLLYWOODSTARS STEHEN AUF DER SEITE DES KAMPFS GEGEN DEN KOMMUNISMUS!!!‹ und ›GEH WÄHLEN!‹ in großen Buchstaben; unter einem Totenschädel mit leeren Augenhöhlen und der Kosakenmütze mit dem roten Stern stand ›GEH WÄHLEN, ODER ER WIRD DEIN HERRSCHER SEIN‹, dazu das Gesicht Garibaldis, das aus einem Stern heraustritt; ›FRIEDEN, FREIHEIT, ARBEIT – WÄHLT FRONTE DEMOCRATICO POPOLARE‹; dann in weißer verwischter Kursivschrift, wie mit Tafelkreide geschrieben, ›GOTT SIEHT DICH IN DER WÄHLERKABINE, STALIN

NICHT!‹; und in Gelb und Schwarz: ›VERTEIDIGE IHN, IN RUSSLAND GEHÖREN DIE SÖHNE DEM STAAT‹; und in Rot: ›VERHINDERE, DASS EIN SOLCHES VERBRECHEN BEGANGEN WIRD, WÄHLE BLOCCO NAZIONALE.‹ ›FRIEDEN ARBEIT FREIHEIT UND GERECHTIGKEIT WÄHLT FRONTE DEMOCRATICO POPOLARE.‹

›WER FRONTE WÄHLT, WÄHLT DOPPELGESICHTIG.‹

›KIRCHE FAMILIE ARBEIT WÄHLE.‹

›ITALIENER, WÄHLT UND LASST WÄHLEN, WÄHLT RICHTIG!‹

De Luca löste sich vom Fenster. Er setzte sich an den Schreibtisch, legte den Nacken gegen die Rückenlehne des kleinen hölzernen Arbeitssessels und drückte den Oberkörper nach hinten, um das Knakken des Drehzapfens zu hören. Er blickte zu den Schaufeln des Deckenventilators über dem Karteischrank hinauf, die mit einer faserigen Staubschicht bedeckt waren; und er entdeckte die tote Fliege am Rand des Wandstadtplans von Bologna, auf dem die Zuständigkeitsgebiete der einzelnen Kommissariate rot eingekreist waren. Er atmete den Geruch von Lysoform ein, das der Wachposten über dem Fußboden verteilt hatte, diesen Geruch, den er schon im Bordell der Tripolina wahrgenommen hatte, nur war er hier nicht so stark. Er dachte an Ricciotti, Piras, Bonaga und an den Polizeipräsidenten und schüttelte zähneknirschend den Kopf. Er beugte sich vor, das Holz des Sessels knarrte, stützte die Ellenbogen auf den Schreibtisch und vergrub das Gesicht in den Händen; er pfiff durch die Finger und hätte alle Luft herausgeblasen, die er in den Lungen, im Herzen und im Gehirn hatte, ja, er hätte vielleicht sein ganzes Leben ausgehaucht, hätte nicht Di Naccio an die Tür geklopft.

Als De Luca ihn eintreten sah, dachte er, daß gewisse Leute bereits mit einer Polizistenvisage auf die Welt kommen, und vielleicht hatte Brigadiere Di Naccio schon in der Wiege dieses lange, schmale Gesicht mit den leicht schrägen Augen, dem traurigen Blick und der zur Oberlippe hin abfallenden Nase gehabt. Er dachte, daß vielleicht auch sein Vater, ebenfalls bei der Polizei, so ein Gesicht mit teigiger Haut und einem grauen Stachelbart hatte, wie er entsteht, wenn man sich am Morgen in Eile rasiert; und dann dachte er an sich selbst, seit Ewigkeiten Polizist, und fragte sich, eine Augenbraue hochziehend, ob er nicht auch wie ein Sbirre aussähe. Er betastete sein Kinn, das sich stachlig anfühlte, und ihm fiel ein, daß er an diesem Morgen das Rasieren ganz vergessen hatte.

»Was gibt's?«

Di Naccio hatte eine ganz dünne Aktenmappe aus Pappe bei sich, die leer zu sein schien. Sie war grün wie alle aus dem Aktenschrank der Sittenpolizei, und auf dem Deckel stand mit Bleistift *Polizeipräsidium Bologna*, dazu das Kennzeichen *18 C*, eingerahmt in einer Ecke.

»Passierscheine«, sagte Di Naccio, »Wechsel alle zwei Wochen.«

»Ja, und?«

»Alle vierzehn Tage wechseln die Prostituierten das Bordell, und bei der Abreise brauchen sie eine Bescheinigung, die besagt ...«

»Ich weiß. Ich meine, warum gibst du sie mir? Was soll ich damit machen?«

»Gewöhnlich unterzeichnet der Abteilungsleiter die Genehmigungen sowohl für die Abreise als auch bei der Ankunft ... Auch wenn Ihr Vorgänger, Commissario Carapia, sie immer mich hat unterschreiben lassen.«

De Luca nickte und schloß die Augen. Die näselnde tiefe Stimme Di Naccios war ihm unangenehm. Es klang, als schnaube der Mann die Worte durch die Nasenflügel aus. »Dann halten wir es ebenfalls so«, sagte er, »unterschreibe sie ruhig, mir ist das recht.«

»Äh, nun ... Machen wir es ganz genauso wie unter Commissario Carapia? Haargenau so?«

De Luca riß die Augen auf und taxierte Di Naccio, der eine Hand auf der Türklinke hatte und die dünne Aktenmappe so zwischen Daumen und Zeigefinger der anderen hielt, als könne er sich die Finger daran verbrennen. »Wieso«, fragte er, »wie machte es denn Commissario Carapia?«

»Der nahm es nicht so genau, *commissà* ... Er schloß den Vorgang, auch wenn er eigentlich nicht vollständig war. Hier beispielsweise würde ein Passierschein fehlen ...«

De Luca biß die Zähne zusammen beim Gedanken

an jenen fehlenden Erlaubnisschein aus löchrigem Seidenpapier mit verblaßter Maschinenschrift, der tausend anderen Scheinen und Zetteln aus dem Polizeipräsidium glich, die ihm schon durch die Finger gegangen waren. Er spannte auch die Kiefermuskeln an, um nicht die Beherrschung zu verlieren und alles vom Schreibtisch zu fegen. Für einen Augenblick überkam ihn Verzweiflung bei der Vorstellung an ein Leben oder auch nur einen einzigen Tag auf der Jagd nach vermißten *18 C*, verlorengegangenen Passierscheinen, fehlenden Stempeln auf Sanitätszeugnissen auf Vordruck 15, beim Gedanken an die Razzien, die Schließungen für die Öffentlichkeit, die Bekanntmachungen *Das zuständige Amt für Öffentliche Sicherheit ordnet gesetzmäßig an*, beim Gedanken an die unnützen und stumpfsinnigen Diskussionen mit Mätressen und Prostituierten über die mögliche Auslegung jedes einzelnen Artikels der Rechtsordnung zur Öffentlichen Sicherheit, Königlicher Erlaß vom 18. Juni 1831, Paragraph sieben: *Über das Dirnenwesen*.

»Ist gut«, sagte er leise, »machen wir es so, kümmere du dich ...«

Er schloß die Augen, vergrub erneut das Gesicht in den offenen Händen, die Ellenbogen auf den Schreibtisch gestützt. Vielleicht wäre er eingeschlafen, hätte er nicht diesen näselnden Ton von Di Naccios Stimme im Ohr gehabt, der ihn zum Zuhören zwang, auch wenn der Mann mit sich selbst sprach.

»Di Naccio ...«

»Zu Befehl, Commissario.«

»Was hast du gesagt?«

»Ich habe gesagt, daß ich den Vorgang im Ordner des ...«

»Was hast du dann gesagt ...«

»... im Ordner des betreffenden Etablissements ablege. Tagliaferri Claudia, Via delle Oche, Nr. 16.«

Fabbri Fiorina, genannt die Wanda, Eltern Marcello und Maria, geboren in Varese usw. ... Bestimmungsort ›L'Orientale‹, Venedig. Bianconcini Ermina, genannt Gilda, Bestimmungsort ›57‹, Via Mario dei Fiori, Rom ...

»Aber ist es normal, daß sie kreuz und quer durch ganz Italien verschickt werden?« fragte De Luca. Di Naccio stand wie ein Adler gebeugt hinter ihm und las aus der Höhe die auf dem Schreibtisch verstreuten Papiere. Es waren Vordrucke, mit unsicherer Schrift ausgefüllt, und je verkrampfter die Schrift war, um so enger lehnte sich Di Naccio an De Luca. Aber keiner von beiden bemerkte es.

»Das kann schon mal vorkommen«, sagte Di Naccio. »Nicht normal aber ist, daß sie so sehr in der Kategorie aufgerückt sind. Die Anitona ins Superba in Genua, die Triste ins Fiori Chiari in Mailand ... Das Etablissement in der Via delle Oche Nr. 16 ist fünfte Kategorie, wo die einfache Nummer fünfzig Lire kostet, im Fiori Chiari kostet sie schon dreihundert, aber Sie müßten sehen, was es dort für Prachtmädchen gibt.« Di Naccio stand mit einem Ruck kerzengerade. »Ich weiß das nur, weil ich in Mailand Dienst getan habe, Commissario ...«

»Ja, ja«, murmelte De Luca und fuchtelte beschwichtigend mit der Hand in der Luft herum. »Welcher Passierschein fehlt denn?«

»Hier ist er, sehen Sie? Da ist der Schein bei der Ankunft, aber es fehlt die Genehmigung zur Abreise ...« Di Naccio beugte sich wieder über De Lucas Schulter. Er setzte den Finger auf ein poröses graues Papierstück und ließ es über den Schreibtisch gleiten, wobei es über die Vordrucke rutschte und ein Gewirr von Worten *Bologna, den, Ergebnis der ärztlichen Untersuchung, Die Bordellwirtin* gez. entstand. Es war der Passierschein von Bianchi Lisa, genannt Lisetta, geboren in Pieve di Cento, Ortsteil Acquaviva, Provinz Ferrara.

»Wie seltsam«, murmelte De Luca und dachte an die Fotografie *Ermes und Lisetta geben sich bald das Jawort*. Er wollte schon wieder auf der Innenseite seiner Wange herumkauen, als er entgeistert innehielt und seine Lippen ganz schmal wurden. »Einen Moment mal«, sagte er, »das Ankunftsdatum der Lisetta war vor einer Woche. Die Anitona, die Wanda ...«, und sein Blick eilte rasch über die Papiere, »die ganze Zweiwochenbesatzung ist vor weniger als einer Woche eingetroffen. Brigadiere Di Naccio, ich gebe ja zu, ein Neuling bei der Sittenpolizei zu sein, aber daß zwei Wochen vierzehn Tage sind, das weiß selbst ich!«

Di Naccio beugte sich über De Lucas Schulter und

ließ seinen Kopf über die Papiere sinken; wäre in diesem Moment jemand hereingekommen, er hätte die beiden für einen Polizisten mit zwei Köpfen halten können – der eine mit langem, tristem und der andere mit erstauntem, neugierigem Gesicht. »Der Wechsel wurde vorgezogen«, sagte Di Naccio und reckte sich abrupt. Er ging um den Tisch herum und grummelte: »Hier bedarf es eines Motivs, vielleicht, vielleicht ...« Und De Luca sah ihn hinter der Tür verschwinden. Er wollte gerade nach ihm rufen, als er auch schon mit einem Protokollpapier in der Hand zurückkehrte, dicht mit fetter Maschinenschrift beschrieben, und in einer Ecke klebte eine Steuermarke. »Das ist heute früh eingetroffen, ich muß es noch protokollieren«, sagte er, »und deshalb habe ich mich nicht gleich daran erinnert. Das Polizeipräsidium gibt sein Einverständnis zur Übertragung der Gewerbelizenz auf den Namen von Tagliaferri Claudia aus der Via delle Oche Nr. 16 nach Via dell'Orso 8. Via dell'Orso ist eine zweite Kategorie, aus diesem Grund wechselt die Wirtin die Zweiwochenbesatzung ...«

»Einen Moment, Di Naccio, nur einen Augenblick ... Wer hat diese Genehmigung erteilt? Unterliegt das nicht unserer Befugnis? Ist nicht dieses Amt hier zuständig für einen solchen positiven Bescheid?«

Di Naccio zog den Kopf ein. »Von Rechts wegen ja, Commissario ... Aber hier steht die Unterschrift des stellvertretenden Polizeipräsidenten«, und dabei hob er den Kopf gen Himmel, zu den oberen Stockwerken jenseits der Zimmerdecke, und breitete die Arme aus.

De Luca biß sich auf die Lippen, zog die Augenbrauen hoch und schüttelte den Kopf. Ruckartig erhob er sich und ließ den Drehzapfen des Stuhls quietschen. »Geht in Ordnung«, sagte er. »Ich soll mich um die Nutten kümmern? Also kümmere ich mich um die Nutten! Gib mir die Passierscheine, ich geh mal nachsehen, was aus dieser Lisetta geworden ist.«

WENN DER FRONTE DEN SIEG BEI DEN WAHLEN DAVONTRÄGT, KANN ITALIEN KEIN EINGRIFF VON AUSSEN MEHR RETTEN.

KARDINAL LOVITANO, MONSIGNOR ROBERTI, MONSIGNOR PRISELLA SIND IN EINEN NEUEN DEVISENSKANDAL VERWICKELT.

AB HEUTE IM KINO NOSADELLA: DICK UND DOOF IN ›WIR SIND VOM SCHOTTISCHEN INFANTERIE-REGIMENT‹.

De Luca bog in die Via dell'Orso ein, wo ihn ein Windstoß empfing, und vergrub sich noch tiefer in seinen Mantel. Es war schon ein seltsamer Zufall, dachte er, diese blitzschnelle Auflösung des Bordells in der Via delle Oche, dessen Belegschaft nun über ganz Italien verstreut war und in gewisser Weise sogar eine Statusverbesserung erhalten hatte. Den Kopf im Nacken, suchte er die Nummernschilder aus Porzellan nach der Acht ab und grübelte weiter: Wie seltsam dieses rasche Handeln eines stellvertretenden und vor allem christdemokratischen Polizeipräsidenten anmutete, um den Forderungen einer fünftklassigen Bordellbesitzerin, jener abweisenden, beinahe arroganten Tripolina nachzukommen, die durch den Umzug von der Via delle Oche in die Via dell'Orso ebenfalls eine Beförderung erfahren hatte.

Er schob die angelehnte Tür mit der Schuhspitze auf.

Romantisch ... du Nacht ohne Ende, unter herbstlichem Himmelszelt, längst verblüht ist dieser Rosenkelch.

Die Tripolina kniete auf dem Fußboden und bearbeitete hartnäckig mit dem Lappen einen Fleck auf den breiten Marmorfliesen. Der Empfangsraum in der Via dell'Orso war über jeden Vergleich mit dem in der Via delle Oche erhaben. Der hier war geräumig und erhielt Licht durch ein Oberfenster, das sich in den Spiegeln reflektierte. In der Mitte stand ein mit rotem Samt bespannter Runddiwan, rote Stuckarbeit schmückte die Wände, und an den Seiten des Treppenaufgangs zum Obergeschoß prangten zwei kleine Säulen aus geädertem, ebenfalls rotem Marmor. Nur die Tripolina war dieselbe Person wie in der Via delle Oche. Sie war noch im Unterrock, hatte die schwarzen Haare zu einem Knoten im Nacken gedreht und war beim Putzen, genau wie er sie am Morgen zuvor gesehen hatte. Diesmal aber sang sie bei der Arbeit.

Romantisch ... wie ein Kuß, den ich nicht kosten

durft, romantisch ... wie ein Geheimnis so süß, romantisch ... ach, mitten aus dem Traum gerissen ...

Die Tripolina war glücklich. Das verrieten der Ton ihrer Stimme und die Hingabe, mit der sie die Melodie mit halbgeschlossenen Lippen summte. De Luca mußte lächeln, die Arme über der Aktenmappe gekreuzt, und anstatt zweimal in die geschlossene Faust zu hüsteln, wie er es gerade tun wollte, verharrte er einen Moment, in ihren Anblick versunken.

Wie dieser Gruß mein Herz doch schmerzt ... romantisch ... romantisch ...

Die Tripolina richtete den Oberkörper auf, wobei sie sich beinahe auf die nackten Fersen hockte, und blickte über die Schulter. »Das Glotzen kostet fünfundsiebzig Lire«, sagte sie hart, »aber Sie müssen ein andermal wiederkommen, weil wir geschlossen haben.«

De Luca wurde rot. Er stotterte: »Verzeihen Sie«, und sein Gesicht glühte. Dann schüttelte er den Kopf, hustete zweimal in die Faust und betrat das Atrium mit entschlossenem Schritt, wie er einem Commissario vom Sittendezernat gebührt. Die Tripolina hatte sich erhoben, schlüpfte in die Stoffhausschuhe, die auf dem Boden standen, und nahm die schwarze Stola von der Stuhllehne. Die weit ausholende Geste, mit der sie sich in den Stoff hüllte, fächelte etwas Luft auf De Lucas heißes Gesicht und ließ die Locke flattern, die der Tripolina über die Stirn bis fast in die Augen fiel.

»Nicht schlecht sieht es hier aus«, sagte De Luca

um sich blickend. »Eine beachtliche Veränderung, wirklich.«

Er nickte, und sein Blick blieb auf einem Kleiderständer mit Haken in Phallusform haften. »Und obendrein eine Niveauverbesserung.«

»Was wollen Sie von mir?«

»Den Passierschein für die Lisetta.«

»Den habe ich nicht.«

»Warum nicht?«

»Weil sie abgehauen ist, ohne mir etwas zu sagen.«

»Wie das?«

»Sie wird nach Hause zurückgekehrt sein. Vielleicht hat sie einen gefunden, der sie heiraten will.«

»Und da macht sie sich einfach so aus dem Staub? Gestern war sie noch hier, und heute, *husch*, weg ist sie! Ganz plötzlich, ohne ärztliches Attest...«

»Vielleicht wollte sie keine ärztliche Untersuchung haben.«

»Das reicht schon aus, um dir große Scherereien zu machen, Tripolina.«

»Nicht mit...«, die Tripolina hielt inne, schloß seufzend die vollen Lippen zu einem Kußmund. Achselzuckend senkte sie den Blick unter den gerunzelten Augenbrauen und sagte: »Machen Sie, wie Sie wollen.«

De Luca streifte sie nur leicht mit dem Rand der Sammelmappe unterm Kinn, aber sie riß den Kopf nach hinten, als hätte er ihr eine Ohrfeige verpaßt.

»Du wolltest gerade sagen, *nicht mit den Protektionen, die ich habe?*« drängte De Luca. »Ich weiß, daß du einen Schutzengel hast, der seine Hand über dich hält, ansonsten wärst du mit deinem Puff nicht umgezogen. Und ich kann mir gut vorstellen, daß hier, wenn ich mich dahinterklemme und dir mit den ärztlichen Untersuchungen, den Einbestellungen ins Polizeipräsidium, den Steuermarken für die Genehmigungen auf die Nerven gehe, früher oder später jemand auftauchen wird, vielleicht sogar ein Vicario, und der wird mir sagen, daß ich meine Amtsbefugnisse doch besser anderweitig einsetzen solle. Weißt du, was ich dann mache? Weißt du, was dann passiert, Tripolina?«

De Luca ging an ihr vorbei und ließ sich mit einer Drehung auf den Absätzen auf dem Sofa mitten im Salon nieder; aus dem geblähten Samtkissen trat Luft aus, als würde es ausatmen.

»Jeden Abend sitze ich dann hier. Ich bin ja Junggeselle, ungebunden, habe schon über ein Jahr keine Frau mehr angerührt, und bei all dem, was ich durchgemacht habe ... werde ich wohl das Recht haben, meine Freizeit so zu verbringen, wie es mir paßt, oder nicht? Also, ich komme dann her und setze mich so hin, die Dienstmütze auf den Knien ...« – und bei diesen Worten preßte er die Knie aneinander, drückte das Kreuz stocksteif durch, ließ die Arme an den Seiten baumeln –, »ich trage ja gewöhnlich keine Mütze, aber ich werde sie bei mir haben, weil sie einen erst richtig nach Polizei aussehen läßt; dann werde ich die Leute betrachten, und zwar so«, und dabei starrte er mit gerunzelter Stirn und argwöhnischem, arrogantem Grinsen der Tripolina ins Gesicht wie ein echter Sbirre, »und weißt du, was ich noch mache? Zu fortgeschrittener Stunde wird Di Naccio zu mir stoßen... Du kennst doch den Brigadiere und weißt, was der für eine Visage hat... Und, um das Ganze noch unmißverständlicher zu machen, soll er den Spruch sagen: *Alles in Ordnung, Commissario?* Mehr werde ich nicht tun... Ja, wer weiß, vielleicht ziehe ich ab und zu mein Notizbuch heraus und mache mir ein paar Anmerkungen...«

Tripolinas schwarze Augen funkelten hinter einem Tränenschleier. Sie preßte die Lippen ganz fest aufeinander, als könne sie so die Tränen zurückdrängen, und aus den dunklen, fast olivfarbenen Lippen war alles Blut gewichen. Sie hatte die Zipfel der Stola gepackt und hielt sie fest in den Fäusten, und der schwarze, auf dem Rücken gespannte Wollstoff hatte die Träger des Unterrocks von der Schulter rutschen lassen.

De Luca schluckte und löste seinen Blick von der glatten, dunklen Haut. »Los, Tripolina, hören wir doch auf mit dem Spielchen«, sagte er. »Ich will einfach nur wissen, was Ricciotti in den letzten Tagen gemacht hat.«

»Ich weiß es nicht. Seit Samstag habe ich ihn nicht mehr zu Gesicht bekommen. Sonntag war sein freier Tag, und seither war er verschwunden.«

»Ist in Ordnung. Jetzt will ich wissen, wie du es geschafft hast, von der Via delle Oche hierher umzuziehen.«

»Ich habe D'Ambrogio etwas ausgeplaudert. Im Bett kriegt man die Leute zum Reden, und in diesen Zeiten ist der Tratsch Gold wert.«

»Was für Informationen waren das?«

»Was weiß ich. Über Kommunisten. Sachen, worüber die Lisetta Bescheid wußte.«

»Verstehe. Also dann will ich wissen, warum Piras diesen Ricciotti mit Lisetta und all den anderen Mädchen fotografiert hat.«

Die Tripolina seufzte, das Seufzen ging in ein kindliches Glucksen über, und lächelnd sagte sie: »Ermes spielte den Leihverlobten für die Familien. Einige Mädchen sind im Gewerbe, ohne es vorher zu Hause erzählt zu haben, wie die Lisetta beispielsweise, und dann bedarf es eines Verlobten, um die Eltern ruhig zu halten. Ermes besaß einen Anzug und machte einen guten Eindruck ... das ist alles. Was willst du sonst noch wissen?«

De Luca schüttelte den Kopf. »Nichts weiter«, sagte er. »Nicht jetzt. Aber du wirst sehen, ich komme wieder.«

»Ich weiß«, flüsterte die Tripolina, ließ sich neben ihm auf die Knie nieder und ergriff mit einer Geste, auf die De Luca absolut nicht vorbereitet war, seine Hand. Voller Arglosigkeit hielt sie sie fest und legte, ohne ihn anzuschauen, ihren Kopf auf seine Knie. Seufzend schloß sie die Augen, als wolle sie in dieser Stellung einschlafen. De Luca war stocksteif und rührte sich nicht, er wußte nicht, was er tun sollte. Durch den Hosenstoff hindurch spürte er die

Wärme ihrer Wangen auf seiner Haut. Die Tripolina hatte die Lider geschlossen und die Lippen halb geöffnet. Sie war ihm so nah und doch so fremd und erschien ihm jetzt weniger gezeichnet und unansehnlich als beim letzten Mal. Die Tripolina mochte dreißig Jahre alt sein, und in diesem Augenblick kam sie ihm richtig schön vor.

Sie hatte ihn zuerst gehört, und mit einem Ruck richtete sie sich auf, weitete die Augen und blähte die Nasenflügel, als könne sie in der Luft schnuppern, wer jetzt kam. Ein Schritt, der auf das Knacken der Tür folgte, und das entschlossene Aufsetzen der Absätze auf den Marmorfliesen veranlaßten De Luca, über die Rückenlehne des Sofas zu blicken, während die Tripolina hastig aufstand und den Unterrock über den Knien glattstrich.

Aus der Nähe besehen, wirkte Scala, Chef des Privatsekretariats, auf De Luca kleiner, als er ihn vom Vortag bei ihrer Begegnung im Versammlungsraum her in Erinnerung hatte. Er trug denselben Zweireiher ohne Krawatte, das weiße Oberhemd stand am Hals offen, und er hatte wieder diesen belustigten Blick. »Commissario De Luca?« rief er. »Brigadiere Di Naccio hat mir gesagt, daß ich Sie hier antreffen würde. Wollen wir uns ein bißchen die Füße vertreten?«

AGIT PROP IN DER KIRCHE ODER DIE TECHNIK DES RAUNENS, DIE ENGMASCHIGE AKTION DER KOMMUNISTEN, UM BEI DER MEHRHEIT DER FRAUEN FUSS ZU FASSEN.

DIE BEAMTEN WÄHLEN FRONTE NAZIONALE. DER SIEG DES FRONTE WIRD UNS ZU EINER DEMOKRATISCHEN SCHULE VERHELFEN.

GÄSTE ZU HAUSE? GESCHWIND EINEN BIANCOSARTI SERVIERT.

Ein Tropfen traf De Luca auf den Kopf und rann ihm unangenehm kalt den Hals hinunter.

Scala streckte den Arm mit der Handfläche nach oben aus und wandte das Gesicht mit halbgeschlossenen Augen zum Himmel. »Es regnet«, sagte er, »hoffen wir, daß es auch am Sonntag schlechtes Wetter gibt.«

»Am Sonntag?« fragte De Luca.

»Ja, am Wahlsonntag. Bei Regen schließen sich die

Betweiber nämlich zu Hause ein, und De Gasperi hat das Nachsehen ... Wir aber gehen alle wählen. Mit wir meine ich wir Kommunisten, *dottore*.«

»Nicht *dottore*.«

Scala deutete auf den Bogen am Ende der Via dell'Orso. Sie blieben darunter stehen und beobachteten, wie die Regentropfen aufs Straßenpflaster klatschten.

»Ich bin vom Land«, erklärte Scala, »und bei uns hat der Regen einen anderen Geruch, wie nach Eisen ... nassem Eisen. Hier in Bologna aber riecht er nach Staub. Wie laufen die Ermittlungen? Haben Sie herausgekriegt, wer Ricciotti und Piras umgebracht hat?«

»Ja. Piras wurde von einem Typen ermordet, der dann vom Dach gefallen ist, ein Typ, der Kratzspuren von Piras' Fingernägeln im Gesicht hatte. Und er hat ihn niedergemacht, weil er gewisse Fotografien von ihm wollte.«

»Ausgerechnet Fotos?«

»Wir wissen nicht, wonach genau er gesucht hat, nur an welchen Stellen er das getan hat. Er hat die Fotoapparate von Piras aufgemacht, und dort konnte er nur Filme finden.«

»Und was war auf den Fotos?«

»Das wissen wir nicht.«

»Und wo soll Piras die geknipst haben?«

»Das wissen wir auch nicht.«

»Und Ricciotti?«

»Ricciotti kannte Piras. Sogar gut.«

»Man könnte also davon ausgehen, daß zwischen den Morden eine Verbindung besteht und daß der Mörder ein und dieselbe Person ist?«

»Das ist denkbar, ja.«

»Sie bleiben sehr vage, Commissario De Luca.«

»Ich sehe nicht, wie ich mich anders als vage ausdrücken sollte, Doktor Scala. Mir stehen keine Hilfsmittel zur Verfügung, ich habe keine Informationen, ich renne ständig gegen eine Schweigemauer an, und sobald ich einen Schritt weitergekommen bin, werde ich auch schon wieder blockiert. Außerdem bin ich nicht im Morddezernat, sondern bei der Sittenpolizei, und der *vicario* hat zu mir gesagt...«

»*Vicario, vicario*... Was für ein seltsamer Titel für einen Polizisten. Vikar des Polizeipräsidenten, Vikar des Bischofs... Das klingt nach Kurie, finden Sie nicht?«

De Luca zuckte mit den Achseln, und sein Blick, der sich im Platzregen verlor, wurde immer erregter.

Scala trat etwas weiter unter den Bogen, der wie ein abgehackter Portikus die Straße überbrückte, und zog fröstelnd das Jackett zu. »Wissen Sie, wer der Mann auf dem Dach bei Piras war?« fragte er. »Ich wette, das hat der Vicario Ihnen nicht verraten.«

»Nein«, erwiderte De Luca leise, mit zugeschnürter Kehle, ohne den Regen zu übertönen, und wiederholte lauter: »Nein, das hat er mir nicht verraten.«

»Matteucci... Silvano, glaube ich. Aber der Name spielt keine Rolle. Er war ein Mann des Abatino. Sie wissen doch, wer der Abatino ist, nicht wahr?«

Nein, bedeutete De Luca mit dem Kopf, da seine Stimme ihm noch immer den Dienst versagte.

»Das ist der Augapfel des Verstorbenen ›Heimischer Herd und Kirchenbank‹, Vorsitzender eines Bürgerkomitees, das dem Abgeordneten als Wahlkampfbüro diente. Wenn Sie mehr über ihn wissen wollen, fragen Sie Marconi von der Politischen Abteilung. Lassen Sie sich von Brigadiere Sabatini die Filmaufnahmen des Erkennungsdienstes zeigen, und sagen Sie ihm auch, daß ich Sie geschickt habe. Interessiert Sie das Ergebnis der Autopsie? Gehen Sie zu Cinelli bei der Gerichtsmedizin ... Hier im Polizeipräsidium in Bologna sind wir noch stark. Die Unseren stehen Ihnen alle zur Verfügung, Commissario De Luca, nehmen Sie diese Chance wahr ... Nutzen Sie den Faktor K!«

Das Platschen des Regens schwoll zu einem Tosen an. Die Tropfen fielen so dicht und schwer, daß die Luft am Ende des Bogens wie eine Mauer wirkte, hinter der die Bogengänge in der Via Galliera auf der anderen Seite verschwanden. De Luca kniff die Lippen zusammen und fuhr sich mit der Hand übers Gesicht. Die Regentropfen funkelten auf seinem unrasierten Kinn.

»Wenn ich im Morddezernat wäre«, schrie Scala, »würde ich mir die Frage stellen, wieso dieser Matteucci die Wohnung eines Genossen ausgeplündert hat, anstatt auf der Straße Wahlplakate gegen die Kommunisten aufzuhängen. Würden Sie sich das nicht auch fragen? Wir machen es so, ich lasse Bonaga für eine Weile nach Rom versetzen, und unterdessen stellen Sie sich diese Frage, De Luca, gehen Sie dieser Frage nach...«

Scala drückte De Lucas Arm, dann zog er sich die Schöße seines Zweireihers über den Kopf und verschwand im Regen in Richtung der Bogengänge der Via Galliera. De Luca öffnete seinen Regenmantel und barg die grüne Aktenmappe aus Karton, die ob seiner Unachtsamkeit im Regen ganz schwarz geworden war. Er lehnte mit den Schultern an der Mauer, die Arme um sich geschlungen, vor Kälte und Müdigkeit zitternd, dachte an die Passierscheine der Nutten, von denen einer fehlte, und begann mit gerunzelter Stirn, sich in die Innenhaut der Wange beißend, zu überlegen.

16. April 1948

Freitag

MAHNUNG AN DIE UNSCHLÜSSIGEN: WÄHLT, UND WÄHLT ITALIENISCH.

SECHZEHN MILLIONEN SKLAVEN IN SOWJETISCHEN ARBEITSLAGERN.

WAFFEN IM CANALE DI RENO ENTDECKT.

200 000 HÖREN IN NEAPEL DIE REDE DES GENOSSEN TOGLIATTI.

GANZ ITALIEN MUSS INS PRIESTERSEMINAR, WENN DIE DC GEWINNT: DANN SEHT IHR CHARLIE CHAPLIN, TOTO UND RITA HAYWORTH NIE WIEDER. IHR WERDET EUCH ZU TODE LANGWEILEN.

HEUTE IM ›MANZONI‹: ROBERT TAYLOR, LANA TURNER IN ›DER TOTE LEBT‹. KLEBT DIE KINOKARTE AUF DEN SCHEIN DER WAHLLOTTERIE UND GEWINNT EINEN DER 20 000 TROSTPREISE.

»Den nennen sie den Abatino, weil das sein Nachname ist, Antonio Abatino. Aber auch, weil er tatsächlich wie ein kleiner Abt aussieht ... Da ist er ja.«

Der Film lief ohne Ton und war nur vom Motorengeräusch des Projektors begleitet, ein ruckartiges, intensives und unterschwelliges Surren, das man nach einigen Minuten nicht mehr bewußt wahrnahm. Das Licht im Raum hingegen war trotz der geschlossenen Fenster zu stark und machte aus dem Schwarzweißfilm ein blasses, gleichförmiges Grau, das in den Augen weh tat.

»Erwarten Sie bitte keinen Kinosaal, Commissario«, hatte Brigadiere Sabatini gesagt, während er die Fensterläden schloß, »das hier ist das Büro für die Beweisstücke des Erkennungsdienstes, ohne großartige Technologie und Komfort.«

Jetzt stand der Brigadiere zusammen mit Marconi von der Politischen Abteilung hinter der surrenden Maschine. Letzterer rief immer wieder: »Da ist er, erkennen Sie ihn? Hinter Orlandelli ›Heimischer Herd und Kirchenbank‹ ... Haben Sie ihn gesehen, Commissario?«

De Luca setzte sich auf einen Hocker, stützte die Arme auf die Knie und neigte den Oberkörper vor zu der weißen Leinwand hin, die mit vier Nägeln an der Wand befestigt war. Neben ihm, auf einem Munitionskasten mit der Aufschrift *U. S. Army* in weißen Druckbuchstaben auf grünem Metall, kauerte Pugliese. Das Licht des Projektors hinter ihnen trennte sie und zeichnete die Linien ihrer Profile auf den Rand der Szene wie ein spiegelbildliches, asymmetrisches Dekorationsband, das die Schwarzweißbilder umrahmte. Tonlos liefen in langen, geradlinigen

Schwenks, die manchmal, wenn die Entfernung verändert wurde, abrupt abbrachen, Szenen einer Wahlkampfversammlung auf der Piazza Maggiore über die Leinwand. Es regnete, und der bleifarbene Himmel vermischte sich mit dem Beige der Übergangsmäntel, dem Grau der Gesichter, dem verblichenen Schwarz der Jacketts.

»Du guter Gott, diese Aufnahmen sind der reinste Schrott«, sagte Pugliese.

Ein älterer Mann unter einem Regenschirm war in Nahaufnahme zu sehen. Sein Oberkörper war zur Hälfte von den Schalltrichtern eines Lautsprechers verdeckt. Er stand auf einer kleinen Holztribüne und sprach in ein flaches viereckiges Mikrophon, das in der Mitte eines Metallrings hing. Er hatte weißes Haar und ein feingeschnittenes, sehr mageres Gesicht, doch an dem aufgerissenem Mund unter dem hellen Schatten des schmalen Oberlippenbarts, an den Fäusten, die er vors Gesicht hob, dem heftigen Kopfschütteln, den geschlossenen Augen, erkannte man, daß er gewaltig brüllte. Es war ein lautloses Brüllen, das vom gleichförmigen Surren des Projektors verschluckt wurde, ebenso wie das Beifallsklatschen der Leute, das in einem langen Schwenk eingefangen wurde: Die Kamera glitt von den Regenschirmen, die einen Teil der Piazza einnahmen, hinüber zu den Ordnungshütern mit dem Helm auf dem Kopf und dem Karabiner über der Schulter, die am Fuß der Stufen von San Petronio ins Bild kamen.

»Vor lauter Herumschreien, daß die Kommunisten Kinder fressen«, kommentierte Marconi, »hat Orlandelli am Ende der Schlag getroffen. Man sagt, als er mausetot an seinem Schreibtisch gefunden wurde...«

»Ersparen Sie sich Ihre Bemerkungen, Brigadiere«, sagte De Luca barsch.

»Ich habe diesen Abatino nicht erkannt ... Kann noch einmal zurückgespult werden?«

»Jetzt haben wir ihn gleich wieder, Commissario«, sagte Sabatini, »die Aufnahme schwenkt wieder auf die Bühne zurück ... Da ist er, der mit dem Schirm.«

De Luca dachte, daß er überhaupt nicht wie ein Abate aussähe. Er trug einen hellen Staubmantel, dem seinen recht ähnlich, und darunter blitzte ein weißer Hemdkragen hervor, der von einer schwarzen Krawatte zusammengehalten wurde. Antonio Abatino war jung und hager, und seine Nase wirkte unter dem dichten, nach hinten gekämmten schwarzen Haarschopf besonders markant. Er trug eine Brille mit leichtem Gestell und runden Gläsern, die ganz weiß anliefen, wenn er sich zur Filmkamera drehte. Er hielt den Regenschirm wie ein Schwert mit ausgestrecktem Arm über Orlandelli, der weiterhin brüllte. Dann schwenkte die Kamera nach unten und brachte ein durchweichtes Flugblatt am Fuß der Tribüne ins Bild; es enthielt das Wappen eines Schilds, der zwei betende Hände vor den Umrissen einer Kirche zeigte. Das Auge der Filmkamera verweilte lange auf der Schrift: *Wer Parteien wählt, deren Dok-*

trinen dem katholischen Glauben zuwiderlaufen, begeht eine Todsünde.

»Passen Sie auf, Commissario ... Jetzt kommt auch der andere.«

Der Bildausschnitt war erweitert worden, um eine Personengruppe ins Bild zu nehmen, die gerade die Piazza betrat. Es waren lauter Männer. Sie trugen ebenfalls Regenschirme, hatten sie aber nicht aufgespannt. Einige von ihnen hatten das rote Tuch um den Hals. Ein großer und dicker Typ in Hemdsärmeln, eine Kappe mit Schild auf dem Kopf, hatte sich seitlich unterhalb der Tribüne aufgestellt und wedelte ebenfalls mit der Faust in unhörbarem Geschrei. Abatino war zur Seite getreten, um einen beweglichen Schutzschild um den Abgeordneten Orlandelli zu bilden.

»Haben Sie ihn gesehen, Pugliese?« fragte De Luca.

»Ja, hab ich«, brummelte Pugliese.

»Ich meine nicht den Abatino.«

»Ich auch nicht, *commissà*.«

In einer Ecke des Bildes war ein Mann aufgetaucht, blasser als die anderen, aber noch immer gut erkennbar. Sein Gesicht wurde von der Kamera ins Zentrum gerückt, man sah sein Profil, das tief in die Stirn hängende lockige Haar, die schiefe Nase und die kantige Kinnpartie. Es war der Mann, der vom Dach gefallen war, und bevor er aus dem Bild verschwand, da die Einstellung allmählich wacklig und unscharf wurde, hatte er sich mit seinem geschlossenen Regenschirm dicht neben den Abatino gestellt.

»Matteucci Silvano«, sagte Marconi, »ehemaliger Unteroffizier der X Mas. Vorstrafen wegen Schlägereien, Körperverletzung und versuchten Mordes. Nach dem Krieg hat er sich auf dem Schwarzmarkt zu schaffen gemacht. Offiziell ist er jetzt bei der Ambulanz.«

»Der Polizeipräsident hat uns alles aufnehmen lassen«, sagte Sabatini, »angefangen bei den Madonne Pellegrine bis zu den Wahlkampfveranstaltungen des Fronte Popolare. Gleiche Behandlung für alle, sagte er, so sind wir aus dem Schneider.«

De Luca hob eine Hand und tauchte sie in das grelle Lichtbündel des Projektors. »Laßt uns bitte einen Augenblick allein«, sagte er, sich zu Pugliese beugend, und der dunkle Schatten seines Oberkörpers bedeckte die Männer, die lautlos auf der Leinwand gestikulierten. »Und wie steht es mit Ihnen, Maresciallo, geht bei Ihnen alles in Ordnung?«

Die Filmkamera glitt von der Tribüne schräg abwärts auf die Piazza, über ein Meer von Schirmen und geschlossenen Fäusten, Hüten, Kappen und Helmen, die im Regen glänzten.

»Ich bin Familienvater, *commissà*«, sagte Pugliese.

»Ich auch. Das hier ist meine Familie«, und bei diesen Worten breitete De Luca die Arme aus und hob sie zu den Wänden empor, »und das ist auch die Ihre, Maresciallo Pugliese. Wir sind Polizisten.«

»Nein. Ich bin ein Polizist mit Ehefrau und einem kleinen Jungen, die ich mit dem Gehalt eines *maresciallo* der Staatspolizei durchbringen muß. Ich kann es mir nicht leisten, nach Sizilien versetzt zu werden, um Jagd auf den Banditen Giuliano zu machen ...«

»Wir haben Rückendeckung, Pugliese, Ihnen wird nichts dergleichen passieren. Scala will uns D'Ambrogio und Bonaga eine Zeitlang von der Pelle halten.«

Pugliese lächelte. Es war ein ironisches Lächeln, das seinen bisherigen besorgten Gesichtsausdruck überdeckte. »Sind Sie ins Lager der Kommunisten übergelaufen, *commissà*? Nehmen Sie sich nur in acht, die werden nämlich die Wahl verlieren ...«

Auf der Leinwand wurde die Menschenmenge von durchfahrenden Polizeijeeps geteilt und verlief sich in alle Richtungen; die Leute rannten Richtung Portici, zu den Stufen von San Petronio, zum Neptunbrunnen. Polizisten standen auf den Sitzen der Jeeps, klammerten sich an den Windschutzscheiben fest und schwenkten, langsam wie in einem Ballett ohne Musik, die Schlagstöcke in der Luft.

»Ich habe mich auf niemandes Seite geschlagen«, erwiderte De Luca bissig. »Ich gehe meinem Beruf nach, was bedeutet, ich ermittle in einem Fall, und das werde ich so lange tun, bis ich den Täter gestellt habe.«

»Warum? Glauben Sie etwa, daß es für Scala von Bedeutung ist zu wissen, wer Ricciotti und Piras umgebracht hat? Das interessiert ihn nur, weil es den Abatino interessiert! *Commissà*, wir sind im Wahlkampf, das hier ist alles Politik! Auch für die sind Sie nur Mittel zum Zweck!«

»Es ist mir egal, ob die mich benutzen oder nicht! Ich bin Polizist, Pugliese, das ist meine Arbeit. Aus diesem Grund bin ich auf der Seite derer, die es mir ermöglichen, meinen Beruf auszuüben!« Er brüllte, und das wurde ihm eher an Puglieses beleidigtem Blick als am Widerhall seiner Stimme im Raum bewußt.

Auf der Leinwand waren die Aufnahmen durch den Rauch von Tränengasbomben verschwommen, und die dunkle Menschenmenge auf der Piazza wogte unter hellen Rauchfetzen.

»Und aus diesem Grund«, zischte Pugliese eisig, »waren Sie auf der Seite der Faschisten? Und sind auf diesem Weg in der Ermittlungsabteilung der faschistischen Miliz gelandet? Als ich Sie kennengelernt habe, *commissà*, standen Sie auf der Hinrichtungsliste der Partisanen, haben Sie das vergessen?«

Die Filmspule war blockiert, und der Antriebsmotor quietschte ausdauernd und schrill. Einige Sekunden sah man die verschwommene Nahaufnahme eines Mannes in Hemdsärmeln auf der Leinwand; er rannte auf die Filmkamera zu, und hinter ihm, inmitten dicker, weißer Rauchwolken, war ein Polizist zu erkennen, der ausgestreckt mit erhobenem Schlagstock auf der Kühlerhaube eines Jeeps lag. Es dauerte nur wenige Augenblicke, dann wurde die Aufnahme von einem dunklen Loch verschluckt, das sich dunstig zum Rand der Leinwand verbreitete.

»Himmelarsch, Maresciallo Pugliese! Jetzt bin ich bei der Polizei der Italienischen Republik und ermittle in einem Mordfall! Sind Sie dabei oder nicht?«

»Commissario De Luca, Sie können mich am Arsch lecken! Sie wissen genau, daß ich dabei bin!«

Beide waren puterrot im Gesicht und starrten sich finster an, Puglieses Ausdruck war hart, und De Luca keuchte. Lange fixierten sie einander und achteten nicht darauf, daß der Film aus der Spule gerutscht war und nun gegen das Gehäuse schlug, auch den scharfen Geruch nach versengtem Zelluloid nahmen sie nicht wahr.

Schließlich wandte De Luca seinen Blick ab. Mit einem Ruck erhob er sich vom Hocker und legte Pugliese eine Hand auf die Schulter. »Schicken Sie Phonogramme mit einer Liste aller Fragen an die zuständigen Polizeipräsidien«, sagte er, »sowie an sämtliche Kasernen der Carabinieri; wir müssen die ehemaligen Prostituierten aus der Via delle Oche unter die Lupe nehmen. Ich brauche die Karteikarte von Ricciotti und die der anderen einschließlich der von diesem Abatino. Ich mache noch einen Sprung in die Via delle Oche und nehme mir die Armida und die anderen Damen vor. Und ich muß Lisetta verhören, wo auch immer sie steckt. Gehen wir Pugliese... Machen wir uns ans Werk.«

GROSSES PREISAUSSCHREIBEN: CINZANINO MIT DER GELBEN KAPSEL.

VIGNOLINO STANLEY AUF EIS: EIN GANZ LEICHTER UND DURSTSTILLENDER LIKÖR.

ORANGE + ZUCKER = MARTINAZZI SODA: VIELLEICHT EIN WENIG TEURER ALS DIE ANDEREN, GEWISS ABER DER BESTE VON ALLEN.

WER WIE NOAH LEBEN WILL, TRINKT VECCHINA UND NICHT KAFFEE.

»Darf ich Ihnen nicht doch eine Kleinigkeit anbieten ... Trinken Sie vielleicht einen Cinzanino? Ein Schlückchen Wermut? Einen Kognak? Fanny!«

In der Küche der Nummer 23 roch es nach Ragout. Armida nannte diesen Raum die Verwaltung, aber auf Verwaltungsarbeit deuteten nur einige Protokollblätter mit breiten Linien für die Buchhaltung hin, die mit Rechenkolonnen beschrieben waren, sowie in einer Ecke des Tischs ein Stapel von Gesundheitsbescheinigungen. Der Rest war eine Küche, und die Karotten und die Zwiebeln, die in der Pfanne auf dem weiß emaillierten Herd schmorten, erfüllten die Luft mit einem schweren, öligen Duft. De Luca hatte neben dem Tisch genau vor der Kochstelle Platz genommen, war aber sofort wieder aufgestanden, weil sich sein leerer Magen knurrend verkrampfte. Er hatte sich an den Spülstein gelehnt, den Übergangsmantel zugemacht, und nun preßte er die verschränkten Arme gegen den Magen, um das Rumoren zu unterdrücken. Ein warmes, ungezügeltes Hungergefühl und ein genauso warmer, heftiger Ekel schnürten ihm die Kehle zu.

»Aber was machen Sie denn, Commissario, nehmen Sie doch Platz. Ist Ihnen der Stuhl nicht recht? Ich lasse Ihnen einen anderen bringen ... Fanny!«

Armida klatschte in die Hände, und De Luca bedeutete mit dem Kopf *nein, nein*, und dann noch einmal mit den Armen zur Bekräftigung. »Lassen Sie doch die andere kommen«, sagte er, »das Mädchen, das die Leiche entdeckt hat.«

Armida nickte lebhaft, und das Doppelkinn hüpfte. »Wie Sie wünschen ... Fanny! Laß die Catí den Cinzanino für den Commissario bringen!«

»Nun wieder zu uns«, schaltete sich Pugliese ein, denn De Luca hatte das Gesicht zur Decke gewandt, und ein Fluch lag ihm auf der Zunge. »Was haben Sie uns über diesen Ermes zu sagen ...«

»Das war ein so tüchtiger Kerl, Maresciallo ... Ein bißchen grobschlächtig, das kann sein, aber er war in Ordnung, schwer in Ordnung ... Vielleicht hatte er ein wenig Pech; er hatte auch Ärger mit der Polizei, früher, aber seit einiger Zeit war er zur Vernunft gekommen. Er sagte, er wolle sich eine anständige Arbeit suchen, heiraten, eine Familie gründen ... Über jene Nacht aber kann ich Ihnen kaum etwas sagen, Commissario. Sie haben ja selbst gesehen, wo das Zimmer des armen Ermes ist, dort unten, in dieser Art Turm im Nebengebäude ... Wer hätte ihn von hier aus denn hören können? Warten Sie ... die Yvonne vielleicht, die hat ihr Zimmer Wand an Wand mit dem Turmbau ... Ich ruf sie Ihnen gleich mal. Yvonne!«

De Luca verzog das Gesicht und schloß die Augen. Brüllender Hunger fuhr ihm wie ein Stich durch den Magen, legte sich aber gleich wieder, als sich der Geruch des Ragouts mit dem säuerlichen, spritzigen Duft des Cinzanos vermischte. »Yvonne?« fragte er verwirrt, aber das Mädchen, das mit einem Tablett an ihn herangetreten war, schüttelte den Kopf, und die Haare im Pagenschnitt raschelten über den hohen Chiffonkragen des Morgenrocks.

»Nein, ich bin die Catí«, und zu Pugliese gewandt sagte sie: »Montuschi Carmelina, Maresciallo ...«

»Catí, serviere dem Commissario anständig den Cinzanino, und erzähle ihm von Ermes ...«

»O mein Gott, was für ein Unglück ... Ich bin noch immer völlig geschockt! Der arme Kerl, wer hätte mit so etwas schon gerechnet ... Möchten Sie den Cinzano nicht? Darf ich unter der Kapsel wegen des Preisausschreibens nachsehen?«

»Catí, geh und gib etwas Wasser dazu ... Oder möchten Sie lieber einen alkoholfreien Drink? Fanny!«

»Hier bin ich, *signora*, haben Sie nach mir gerufen?«

»Nein danke, Fanny ...«, sagte De Luca, aber auch dieses Mädchen schüttelte den Kopf und raffte den samtenen Morgenrock über dem Busen zusammen.

»Ich bin nicht die Fanny, ich bin die Yvonne«, und zu Pugliese gewandt: »Anconelli Yvonne, Gigí genannt, aber betonen Sie es richtig, sonst klingt es wie Gigi, als wäre ich ein Transvestit; aber es ist Gigí, mit dem *sch* wie im Französischen ... Wissen Sie, meine Mutter war Pariserin.«

»Yvonne, erzähl dem Commissario ausführlich von Ermes ... *Dottore*, möchten Sie vielleicht lieber einen Kaffee? Ich laß Ihnen einen machen ... Fanny!«

»Basta!« brüllte De Luca, die Arme ausbreitend. »Ich will nichts, danke! Ich will nur wissen, wie dieser Ermes in den letzten Tagen war, ob er besorgt, verschreckt, euphorisch oder auf jemanden wütend war ... Ihr müßt mir sagen, ob ihr ihn bei guter oder schlechter Laune gesehen habt.«

Catí und Yvonne antworteten gleichzeitig und fast im selben Tonfall:

»In guter«, sagte Catí.

»In schlechter«, sagte Yvonne.

»Er war in guter Stimmung, wie Sie gesagt haben ... euphorisch war er.«

»Nein, Catí, er war am Boden zerstört ... finster wie der Neumond, so war der Ermes, das sage ich dir ...«

»Hören Sie, Commissario, zwischen mir und dem jungen Mann hatte es noch nie Vertraulichkeiten gegeben, aber seit ein paar Tagen redete er ununterbrochen; auf der Vespa drehte er sich ständig zu mir um, ich bekam richtiggehend Angst ... *Schau nach vorn*, sagte ich zu ihm, und er: *Wen schert das schon!* und dann sang er ...«

»Hören Sie auf meine Worte, Commissario, ich habe genau mitgekriegt, daß Ermes an jenem Abend wie ein eingesperrter Tiger im Zimmer auf und ab ging und plötzlich mit den Fäusten gegen die Wand trommelte. Ich habe nach ihm gerufen, aber er hat mich zum Teufel gewünscht, und dann habe ich ihn weinen hören. Danach nichts mehr, ich nehme nämlich Luminal, wenn ich mit der Arbeitsschicht fertig bin, und schlafe wie ein Stein.«

»Das heißt, daß du auch vorher geschlafen hast ... Lassen Sie es sich von mir gesagt sein, Commissario: Vor ein paar Tagen, als Ermes mich zur Kirche mitgenommen hat, sagte er: *Catí, bald verlasse ich euch, ich heirate und mache einen Sportclub in San Lazzaro auf,* und dann hat er *Bandiera Rossa* von hier bis nach San Petronio gesungen ... Eine richtige Schande, Commissario. Das war einen Tag nach dem Gewitter ...«

»Das Gewitter hast du geträumt ...«

»Nein, du bist die mit dem Zimmer nach vorne raus und den geschlossenen Fenstern; du kriegst nicht einmal mit, ob es regnet oder schneit ... Und im übrigen, Commissario, auch wenn sie die Fenster offen hätte ... Sie nennt es zwar Luminal, aber bei uns zu Hause heißt das Morphium ...«

»Nein, bei dir ist es der Cognac, der dir im Hirn dröhnt und dich Blitze sehen läßt.«

»He, he Mädchen!«

Armida klatschte in die Hände, und wieder schloß De Luca die Augen. Er hatte bis oben hin genug von dieser engen Küche und dem Höllenlärm, vermischt mit den Schwaden von fettigem Ragout und spritzigem Cinzano. Er machte Pugliese ein Zeichen, drehte sich auf dem Absatz um und ging hinaus. Auf der Straße atmete er tief durch, und sein Kopf war wieder frei und leicht und sein Blick klärte sich. Er steckte die Hände in die Manteltaschen und wartete auf Pugliese.

»Die nennen sich aus gutem Grund Freudenhäuser, *commissà*. Was geht Ihnen durch den Kopf?«

»Ich stelle mir jemand vor, der an einem Tag wegen einer Sache, die sein ganzes Leben umwälzen wird, im siebten Himmel ist und tags darauf nicht mehr. Wo war er an jenem Tag und wo am folgenden? Wo war er am Sonntag?«

»Wer kann das schon sagen? Wir sind nicht einmal in der Lage, mit Sicherheit zu sagen, ob am Sonntag ein Gewitter war oder nicht ...«

»Zum Teufel mit dem Gewitter ...«

HEUTE LETZTER TAG FÜR WAHLVERANSTALTUNGEN, UND AB MITTERNACHT BESINNUNGSPAUSE. AM SONNTAG UND AM MONTAG SETZT DER STRASSENBAHNVERKEHR EINE STUNDE FRÜHER EIN. DREI TAGE BEZAHLTE FERIEN FÜR ALLE ARBEITER. DER GOTTESDIENST WIRD AM WAHLTAG UM EINE STUNDE VORGEZOGEN.

»*Phonogramm Nr. 126 an Polizeipräsidium Bologna, Aufruf der Sittenpolizei, von der Carabinieri-Station in Pieve di Cento (FE). Dem zuständigen Beamten wird zur Kenntnis gebracht, daß Bianchi Lisa, genannt Lisetta, derzeit nicht bei ihrer Familie erreichbar ist. Weitere Nachforschungen sind aufgrund des Personaleinsatzes für die Kontrolle des Territoriums anläßlich der bevorstehenden Wahlen zur Zeit unmöglich.*«

»De Luca? Hallo, ich bin's, Razzini vom Polizeipräsidium Rom ... Hör zu, Kollege, ich habe hier diese Auskunft über die Gilda, die du von mir wolltest.

Ich lese dir also vor... Zur Sache befragt, antwortet sie: *Nein, ich habe nichts Außergewöhnliches bezüglich des oben genannten Ricciotti Ermes festgestellt; von seinem Selbstmord habe ich erst bei meiner Ankunft in Rom erfahren. Im übrigen möchte ich festhalten, daß ich im allgemeinen während meines gesamten Aufenthalts in Bologna nichts Außergewöhnliches bemerkt habe. Gezeichnet...* Was heißt hier, das ist alles? Mein Guter, wir sind mitten im Wahlkampf, es hat mich schon genug Mühe gekostet, einen unserer Männer für diese Angelegenheit abzuziehen...«

»*Commissario De Luca? Brigadiere Mordiglia, Sittenpolizei Genua. Ich möchte gleich vorausschicken, daß wir unter Personalmangel leiden, weil die Wahlen ins Haus stehen, und in zwei Stunden wird Togliatti auf der Piazza eine Rede halten... Um zur Sache zu kommen – ich habe persönlich diese Anitona verhört, und sie hat folgende Erklärung abgegeben: Ich habe nichts Außergewöhnliches bezüglich des obengenannten Ricciotti Ermes festgestellt; von seinem Selbstmord habe ich erst bei meiner Ankunft in Genua erfahren. Im übrigen möchte ich festhalten, daß ich im allgemeinen während meines gesamten Aufenthalts in Bologna nichts Außergewöhnliches bemerkt habe.* Ist das so in Ordnung für Sie, Commissario? Ich grüße Sie, ich habe es eilig, ich wünsche auch Ihnen...«

»Also Fabbri Fiorina, genannt Wanda, Commissario ... Zur Sache befragt, antwortet sie: *Nein, ich habe nichts Außergewöhnliches bezüglich des obengenannten Ricciotti Ermes festgestellt; von seinem Selbstmord habe ich erst bei meiner Ankunft in* ... Ja genau, erst in Palermo erfahren. Woher wissen Sie das? Man wird Ihnen diese Nachricht doch nicht schon übermittelt haben? Bei den Unmengen von Arbeit, die wir haben ...«

»Phonogramm Nr. 138 an das Polizeipräsidium Bologna, Aufruf der Sittenpolizei von der Carabinieri-Station in San Lazzaro. Da wir von Ihrem Interesse über den Aufenthaltsort von Bianchi Lisa, genannt Lisetta, wissen, möchten wir Sie davon in Kenntnis setzen, daß Bianchi Lisa sich derzeit in einer Ortschaft unserer Gerichtsbarkeit aufhält.«

Lisetta wirkte tatsächlich wie ein kleines Mädchen, und vielleicht war sie es auch; sie war ein zierliches Geschöpf mit blonden Haaren, in zwei dünnen Zopfschnecken aufgesteckt, die Rippen traten aus ihrem knochigen Leib eben wie bei einem kleinen Mädchen, das noch an Unterernährung aus Kriegszeiten leidet. Vielleicht hatte sie tatsächlich blaue Augen, himmelblaue Kleinmädchenaugen, doch aufgerissen und verdreht, wie sie jetzt waren, konnte De Luca nur das Weiß des Augapfels sehen. Sie war nackt bis auf ein Paar Strümpfe.

»Tod durch Ersticken, *commissà*«, sagte Pugliese.

Er stand über das Wandbett geneigt, und sein Gesicht war dem von Lisetta so nah, als wolle er sie küssen. »Sollte sie gar ohne Fremdeinwirkung zu Tode gekommen sein, das wäre ganz was Neues.«

De Luca blickte sich um. In dem winzigen Raum mit den schimmeligen Wänden standen eine Liege, eine umgekippte Kiste und eine emaillierte Waschschüssel, weiter nichts. Unter dem Metallständer der Schüssel sah man ein Paar Sandalen mit rot umrandetem Korkabsatz. Mit ausgebreiteten Armen lag Lisetta auf der bloßen Matratze, und ihre Beine hingen über den eisernen Rand des Pritschenrosts hinunter. Die erstarrten Fußspitzen in den Seidenstrümpfen berührten ein Kissen mit roten Flecken. »Ich glaube nicht«, sagte De Luca, »auf dem Kissenbezug ist Lippenstift, und ich bezweifle, daß sie das Kopfkissen geküßt hat. Sehen Sie dort, Pugliese.«

De Luca deutete auf den Fußboden. Genau in der Ecke war ein Bodenziegel herausgebrochen und stand halb in die Höhe gegen die Wand. Ein einziger nur. »Die haben sie nicht einmal schlagen müssen. Sie wird es ihnen gleich gesagt haben, die arme Lisetta, aber es hat ihr trotzdem nichts genutzt.«

»Was war Ihrer Meinung nach dort versteckt, *commissà*? Die Fotografien? Und was, verdammt noch mal, war auf diesen Fotos zu sehen?«

Lisettas Zimmer befand sich ganz oben in einem baufälligen, von den Bomben des Kriegs halb zerstörten Haus. Man gelangte über eine Holzstiege dort hinauf, die an einem Treppenaufsatz festgenagelt war; die Stiege hatte unter den Schritten Puglieses und De Lucas geknarrt, wie sie es jetzt unter denen eines Carabiniere tat.

»Sind Sie soweit, Commissario?« fragte der Carabiniere, den Kopf ins Zimmer steckend. »Ich meine nur, unseretwegen können Sie bleiben, solange Sie wollen, aber demnächst kommt hier die Prozession der Madonna Pellegrina vorbei, und da die Kommunisten die Straße sperren wollen und Ihr Wagen ja ziemlich eindeutig nach Polizeipräsidium aussieht...«

»*Commissà*, was zum Teufel war auf diesen Fotos?« fragte Pugliese, als sie im Auto saßen und drehte sich zum Rücksitz um, »De Gasperi zu Tisch mit Stalin?«

Sie hatten für alle Fälle Sabatini das Steuer überlassen, und De Luca hatte sich nach hinten gesetzt und sich im Rückenpolster des schwarzen Millecento kleingemacht. Er nagte nicht mehr innen am Fleisch seiner Wange, denn die asphaltierte Straße von San Lazzaro nach Bologna war streckenweise von einer holprigen Sandstraße unterbrochen, und er hatte schon zuvor den süßlichen Geschmack von Blut zwischen den Zähnen geschmeckt. »Man müßte herausfinden, wo sie aufgenommen wurden. Wo war Piras am Tag, als Ricciotti kaltgemacht wurde?«

»Am Tag des Gewitters.«

»Das ist ja eine richtige fixe Idee von Ihnen! Lassen Sie es gut sein mit dem Gewitter. Wo waren Ricciotti und Piras? Auf einer Wahlveranstaltung? In einen Krawall auf der Piazza verwickelt? Zu Tisch mit De Gasperi und Stalin, wie Sie so schön sagen? Was wissen wir über diese Leute? Gehen wir wieder ins Polizeipräsidium, und sehen wir uns die Personenakten aus Marconis Archiv an ... Was ist da unten los?«

Sabatini hatte gebremst und fuhr jetzt im Schritttempo. Weiter vorn hatten sich Leute neben einem Karren versammelt, von dem Heuballen mit der Mistgabel auf die Straße geworfen wurden. Ein Mann löste sich aus der Gruppe, stieg auf ein Mofa und fuhr auf ihren Wagen zu.

»Lassen Sie mich mit dem sprechen«, sagte Sabatini, das Wagenfenster herunterkurbelnd. Der Mann auf dem Mofa hielt vor ihrem Auto und beugte sich über die Lenkstange, um ins Fahrzeuginnere zu sehen.

Vielleicht erkannte er Sabatini, denn er nickte, noch bevor er eine Silbe gesagt hatte, und drehte sich auf seinem Sitz um. »Laßt sie vorbei«, schrie er, »es sind Genossen«; er hob die Faust zum Gruß. Sabatini reckte den Arm aus dem offenen Wagenfenster, und auch Pugliese ballte die Linke zur Faust. Als der Wagen über das noch nicht verteilte Heu fuhr, wurde De Luca derart unsanft hochgeschleudert, daß er sich noch einmal das Backeninnere blutig biß. Er meinte so etwas wie die schwarze Spitze eines Karabiners gesehen zu haben, die über die Schulter eines der Männer neben dem Karren ragte. Für alle Fälle drehte er sich auf die andere Seite und tat so, als habe er nichts bemerkt.

MASCHINENPISTOLEN GEGEN EIN FLUGZEUG DES
NATIONALEN BLOCKS.

APROPOS VERBOT, IN DEN FABRIKEN WAHLVERSAMM-
LUNGEN ABZUHALTEN.

DIE BEDINGUNGEN DES MARSHALLPLANS WERDEN JEDE
SOZIALE REFORM VERHINDERN.

MORGEN IM ›ELISEO‹: SPENCER TRACY, MICKEY ROONEY
IN: ›DAS SIND KERLE‹.

»Hier sind die Karteien, *commissà*, ... Marconi wollte sie mir erst nicht geben, dann hat Scala sich ans Telefon gehängt, und alles war geritzt. Also ... Ricciotti Ermes, geboren 1928 in San Lazzaro, Provinz Bologna. Sohn kommunistischer Arbeitereltern, beide haben bei den Bombardierungen den Tod gefunden. Zwischen 1946 und 1947 wird er mehrfach wegen Diebstahls, schwerer Schlägerei, Hehlerei und Beamtenbeleidigung festgenommen und angezeigt. Seit Januar 1948 ist er als Angestellter im Freudenhaus in der Via delle Oche Nr. 16 bei der Sittenpolizei gemeldet, wovon die Politische Abteilung Kenntnis hat. Die Politische Polizei stuft ihn als Sympathisanten der Kommunisten ein, und in der Tat gibt es einige inoffizielle Vermerke über seine Tätigkeit als Amateurboxer, über seinen abschlägig beschiedenen Antrag auf Mitgliedschaft bei den Partisanen, aber nichts über seine Kontakte zum Fotostudio Piras in der Via Marconi 33. Ist das nicht seltsam, *commissà*?«

»Und kommen wir zu Piras, *commissà* ... Osvaldo Piras, Sohn des Gavino Piras, kommt 1902 in Sassari zur Welt. 1925 zieht er aufs Festland, lebt zunächst in Rom, dann in Bologna, wo er im Fotostudio eines Onkels arbeitet. Der Onkel ist Antifaschist und landet 1926 im Knast, und der Neffe übernimmt das Studio. 1929 wird auch er von der Miliz verhaftet, aber sofort wieder auf freien Fuß gesetzt. Eine mit Bleistift geschriebene und vom Polizeipräsidenten D'Andrea unterzeichnete Notiz besagt, daß von jenem Moment an jede Mitteilung über Piras Osvaldo, Sohn des Gavino, direkt an die OVRA weiterzuleiten ist. Dann gibt es nichts mehr über ihn, bis Piras 1947 Mitglied des PCI wird; auch dazu gibt es eine Anmerkung, diesmal jedoch nicht unterzeichnet, die besagt, man solle sich direkt an den Verantwortlichen der Politischen Abteilung wenden. Und wissen Sie, wer im Jahr 1947 Leiter dort war? D'Ambrogio. Ist das nicht merkwürdig, *commissà*?«

»Also, *commissà*, dieser Matteucci Silvano war wirklich ein Bastard. Nach dem Krieg sollte er erschossen werden, doch er hat sich den Alliierten ergeben und damit seine Haut gerettet. 1945 wurde er zu zwölf Jahren verdonnert; das Berufungsgericht hat die Strafe auf sechs Jahre heruntergesetzt, und zum Schluß kam er in den Genuß der Amnestie. Offiziell soll er Straßenhändler sein, doch laut der Politischen Abteilung verdingte er sich als Schläger, wer auch immer ihn wollte, vom MSI bis zum Uomo Qualunque. Hier steht nichts darüber, daß er für Abatino gearbeitet hat, aber wollen Sie wissen, was auf der Karteikarte des Abatino steht? Nichts. Nur eine einzige Zeile unter den Angaben zum Personenstand, da steht geschrieben, *er sympathisiert mit den Ordnungsparteien*. Und damit hat sich's. Ist das nicht eigenartig, *commissà*?«

WIE DIE FREIHEIT MIT FÜSSEN GETRETEN WIRD. ACHT
PLAKATANKLEBER DES NATIONALEN BLOCKS IN IMOLA
VON DEN KOMMUNISTEN AUFS BRUTALSTE ZUSAMMEN-
GESCHLAGEN.

MORDVERSUCH EINES JUNGEN MANNES VON DER
KATHOLISCHEN AKTION AN EINEM GENOSSEN: DER
TÄTER GESTEHT: ICH WOLLTE IHN BESEITIGEN, WEIL ER
KOMMUNIST IST.

Der Bursche drehte am Gasgriff, und die Lambretta stieß ein heiseres, prasselndes Röhren aus, das wie ein Husten klang. Der Motor stotterte, während sich der Junge auf dem Trittbrett wie ein Radfahrer an einer Steigung übers Lenkrad beugte und den Gasgriff nicht lockerte, bis schließlich aus dem Röhren ein gleichmäßigeres, ärgerliches Knurren wurde und hin und wieder ein Aufheulen.

    Antonio Abatino nickte und bedeckte seinen Mund wegen des Qualms, der die Garage erfüllte.

»Ist gut«, sagte er, »aber wird sie es auch schaffen, alles zu ziehen?«

An die Lambretta war ein Karren gehängt, in dessen Mitte eine hölzerne Form angebracht war. Es war die Schablone einer Büste mit dem Gesicht Garibaldis, das vom Leib losgelöst und wie eine Maske an einem beweglichen Arm befestigt war, der auf einem Drehzapfen wippte. Bei jeder Bewegung des Karrens hob und senkte sich der Arm, und hinter Garibaldis Kopf wurde der von Stalin mit der Kappe und dem roten Stern sichtbar. *Achtung, Betrug im Anzug!* besagte ein Schild seitlich am Karren; die Schrift war gewollt kindlich und erinnerte De Luca, der mit Pugliese an der Garagentür stand, an die in seinen Schulbüchern.

»Antonio Abatino?« fragte De Luca und wiederholte die Frage, da der Lärm des Motorrollers seine Stimme verschluckte. »Vicecommissario De Luca und Maresciallo Pugliese.«

Abatino drehte sich nach einigen Sekunden langsam um, als hätte er es sich erst gut überlegen müssen. Mit steifem Hals ließ er den Blick zu De Luca und dann zu Pugliese wandern. Der Widerschein der Sonne auf der Garagentür vernebelte ihm die Brillengläser, ähnlich wie in der Filmaufnahme.

»Machen wir vielleicht diesen Roller aus?« fragte Pugliese.

Abatino schüttelte weiterhin mit steifem Hals den Kopf. »Besser nicht«, entgegnete er, »der Motor muß warmlaufen. Was kann ich für Sie tun?«

»Was ist das hier?« fragte De Luca und ließ einen Finger in der Luft kreisen. Der Abgasqualm der Lambretta mit dem beißenden Gestank des Benzingemischs wurde langsam lästig.

Abatino blieb ungerührt, nur ein Mundwinkel war leicht zusammengezogen. Zwei tiefe Falten längs der Nase und des Munds – eine ein wenig gekrümmt – durchfurchten sein mageres Gesicht. »Dies ist der Sitz des Bürgerkomitees, dessen Sekretär ich bin. Via del Porto 18.«

»Gibt es keinen günstigeren Platz zum Reden?« fragte De Luca und wollte einen Schritt nach vorn machen, doch Abatino rührte sich nicht; unbeweglich stand er mit herabhängenden Armen dicht an der Tür, das schwarze Jackett bis oben hin zugeknöpft, die langen, dürren Beine in Hosen mit Bügelfalte und gefalztem Aufschlag.

Bei näherem Hinschauen bemerkte De Luca, daß der Krawattenknoten nicht ganz ordentlich gebunden war und der starre Hals zwischen Abatinos gekrümmten Schultern leicht nach vorne gebogen war. »Das ist schon das zweite Mal, daß sie uns an der Tür stehenlassen und mit irgendwelchem widerlichen Zeugs vergiften wollen«, beschwerte sich Pugliese. »Zuerst diese Hure aus der Via delle Oche, und jetzt das hier. Es ist wirklich so, die Polizei hat nichts mehr zu melden...«

Die Falte in Abatinos Gesicht zuckte genau auf der Höhe des Mundwinkels, was De Luca nicht entging.

»Wir haben heute viel zu tun«, sagte Abatino. »Wenn es sich um eine einfache Sache handelt, bin ich hier und jetzt bereit, Ihre Fragen zu beantworten. Sollte es sich um etwas Langwieriges handeln, werde ich mich morgen früh ins Kommissariat bemühen. In Begleitung meines Anwalts selbstverständlich.«

»Wir haben Grund zur Annahme«, sagte De Luca in scharfem Ton, »daß einer Ihrer Männer einen Fotografen namens Piras umgebracht hat.«

»Was meinen Sie mit *einer meiner Männer*?«

»Einer, der für Sie arbeitet ... für das Bürgerkomitee, nehme ich an.«

»Sein Name?«

»Matteucci Silvano.«

»Hat noch nie etwas mit dem Bürgerkomitee zu tun gehabt.«

»Aber Sie kennen ihn.«

»Noch nie in meinem Leben gehört.«

»Es existiert eine Filmaufnahme des Polizeipräsidiums, auf dem Sie beide auf der Tribüne einer Wahlversammlung auf der Piazza Maggiore zu sehen sind.«

»Wahlveranstaltungen sind immer stark besucht, besonders auf den Tribünen tummeln sich jede Menge Leute. Ich kann mich an diese Episode nicht erinnern, tut mir leid.«

Um bei diesem Motorenlärm Abatinos Antworten einigermaßen zu verstehen, hatte De Luca sich ihm bei jeder Frage ein Stück genähert und war jetzt ganz dicht vor seinem Gesicht. Er betrachtete Abatinos

Mund, aber die Falte hatte diesmal nicht gezuckt, sich nur gedehnt, als er die Lippen zum Sprechen öffnete. Er spürte, daß Pugliese nicht mehr an seiner Seite war, als er ihn im Garageninnern husten hörte.

»Du heiliger Strohsack! Was ist denn das für ein Panzerschrank hier an der Wand. Und dann ... Sehen Sie mal, Commissario!« Pugliese tauchte wie aus dem Nebel hinter einer Reihe an der Wand gestapelter Kisten auf. Seine Augen tränten, und in der Hand hielt er ein Gewehr.

»Das gehört mir«, sagte Abatino, ohne überhaupt hinzusehen. »Ich halte es hier griffbereit, weil das eine gottverlassene Gegend ist, und nachts sind die Straßen ohne Beleuchtung. Vor sechs Monaten haben uns die Kommunisten überfallen und alles abgefackelt.«

»Schon recht«, erwiderte Pugliese, »aber das hier ist ein Karabiner, eine Kriegswaffe ... Und das verstößt gegen das Gesetz.«

»Das hier *ist* Krieg. Die anderen haben Maschinengewehre und Handgranaten in den Kellerräumen der Case del Popolo versteckt. Haben Sie nicht gesehen, was in der Tschechoslowakei passiert ist? Haben Sie nicht gehört, was Togliatti gesagt hat? Wenn die gewinnen, werden sie uns alle mit den Nagelstiefeln einen Tritt in den Arsch versetzen ... Dann Lebewohl Freiheit, Lebewohl Gerechtigkeit, Glauben und Familie. Wissen Sie, was wir hier machen, Commissario? Das Bürgerkomitee hat eine ganz konkrete Aufgabe: Wir betreiben Gegenpropaganda, wir bekämpfen die Lügenstrategie. Wir kämpfen für die

Wahrheit und verteidigen auch euch Polizisten ... Inzwischen müßtet ihr eigentlich begriffen haben, auf welcher Seite ihr stehen müßt.«

Abatino war in Fahrt gekommen, sein Atem ging schwer, vielleicht kam das auch von dem mittlerweile unerträglichen Rauch. Plötzlich erstarb der Motor der Lambretta.

»Der ist abgesoffen«, brüllte der junge Kerl. »Wenn Sie das Gewehr beschlagnahmen wollen«, fuhr er mit beherrschterer Stimme fort, »tun Sie das ruhig. Wenn Sie mich wegen illegalen Waffenbesitzes verhaften wollen, nehme ich meinen Mantel und folge Ihnen.«

»Nein«, sagte De Luca, »ich will wissen, ob Sie Matteucci Silvano kannten und weshalb er einem Fotografen die Kehle durchgeschnitten und dann dessen Wohnung auf den Kopf gestellt hat.«

»Ich kenne ihn nicht. Er hat nicht für mich gearbeitet, und er hat nie zu diesem Bürgerkomitee gehört. Wollen Sie noch etwas wissen?«

»Ja, weshalb Sie Trauer tragen?« De Luca richtete einen Finger auf den mit schwarzem Samt überzogenen Anstecker, den Abatino am Jackenrevers trug. Groß und glänzend, wie er war, hob er sich gut von dem dunklen Stoff ab.

Abatino schluckte, und zum ersten Mal nahm sein Gesicht menschliche Züge an. »Der Abgeordnete Orlandelli war wie ein Vater für mich«, erklärte er. »Er war mehr als ein Lehrmeister, mehr als ein geistiger und politischer Führer. Er war wie ein Heiliger für mich. Werde ich jetzt verhaftet?«

De Luca schüttelte den Kopf. Wortlos machte er kehrt und verschwand, die Hände in den Taschen und den Regenmantel eng um sich geschlungen. Er hatte den Mund zu einer Grimasse verzogen und kaute am Fleisch in seinem Mundinnern. Pugliese zuckte mit den Achseln, lehnte das Gewehr an die Wand und folgte ihm.

»Ein wortkarger Typ dieser Abatino, nicht wahr? Was meinen Sie, *commissà*?«

De Luca erwiderte nichts. Nachdenklich, den Blick nach unten gerichtet, schritt er voran und bohrte die Hände in die Manteltaschen. Es sah so aus, als achte er auf die Löcher im Straßenasphalt, die mit Wasser voll standen, aber als er dann tatsächlich hätte ausweichen müssen, tappte er prompt in eins hinein.

»Zum Teufel noch eins«, schimpfte er und zog die Bügelfalte mit zwei Fingern hoch, um den Hosenaufschlag auszuschütteln.

»Es ist spät geworden, und da ich jetzt mein eigener Chef bin, mach ich den Laden zu und geh nach Hause zum Abendessen«, sagte Pugliese. »Kommen Sie mit, *commissà*? Ich stelle Ihnen meine Frau vor ...«

Das Loch in der Straße stammte von einer Kriegsgranate. Es waren noch die Kratzspuren der Splitter auf dem Asphalt um das Einschlagloch zu sehen, die wirkten wie die Krallenabdrücke eines Riesentiers. De Luca betrachtete es eine Weile und hob, auf der Lippe kauend, den Kopf zu Pugliese.

»Was haben wir?« fragte er.

Pugliese zuckte die Schultern. »Ich weiß nicht«, brachte er verlegen heraus, »Minestrone, glaube ich. Das Fleisch ist noch rationiert, und für diese Woche...«

»Wer denkt denn an Fleisch, Pugliese? Ich spreche von unserem Fall. Was haben wir in der Hand? Noch immer nichts...«

»Verdammt...«, Pugliese schlug sich unterm Mützenschild an die Stirn. »Hätte ja sein können, daß Sie ans Abendessen denken. Wenn Sie so weitermachen, *commissà*, werden Sie noch krank.«

Sie waren am Bogengang angekommen, wo die Straße besser gepflastert war.

Pugliese klopfte den Schlamm von den Schuhsohlen, wobei er den Mantel lüpfte, als wolle er Flamenco tanzen. »Nun, hier wären wir«, sagte er. »Ich wohne genau da hinten. Was machen Sie, gehen Sie ins Polizeipräsidium zurück?«

»Nein. Ich gehe... noch woanders hin. Ich will etwas kontrollieren...«

Er hob die Hand zum Gruß, Pugliese blieb stehen und blickte ihm nach, wie er unter dem Bogengang davonging, sich umdrehte und laut rief: »Grüßen Sie mir Ihre Signora.« Dann verschwand er, die Hände in den Taschen, um die Ecke.

AUS DEM HEUTIGEN VERKAUF DER SCHEINE DES WAHL-
TOTOS IN ROM LASSEN SICH FOLGENDE PROGNOSEN
AUFSTELLEN ...

Diesmal war die Haustür der Via dell'Orso Nr. 8 geschlossen, und die Fenster mußten es von Gesetz wegen sowieso immer sein. De Luca betätigte den auf Hochglanz polierten Türklopfer von leicht anstößiger Form – aber nicht anstößig genug, um *gegen die öffentliche Sittlichkeit zu verstoßen*, wie Pugliese gesagt hätte. Dann klopfte er einmal mit der Schmalseite der offenen Hand an, dann mit der Faust. Vergeblich. Er trat einen Schritt zurück, hob den Kopf zu den Fenstern und hörte, wie jemand nach ihm rief.

»Hier bin ich, Commissario.«

Die Via dell'Orso war von einer Straßenlaterne beleuchtet, es gab auch noch eine zweite an einem schmiedeeisernen Arm an einer Hausmauer. De Luca konnte trotzdem nur mit Mühe erkennen, wer ihn gerufen hatte. Er hatte die Tripolina immer nur in Hausschlappen und im Unterrock gesehen, und jetzt trug sie Tageskleidung, hatte eine Handtasche am Arm, und ein hellblaues, unterm Kinn verknotetes Kopftuch bedeckte ihr Haar.

Als er in ihrer Nähe war, machte er seiner Verwunderung Luft: »Ich habe Sie immer nur in Hausschlappen und Unterrock gesehen.«

»*Ich trage Venezianische Nächte und ein Kleid in der Farbe Boise de Rose. Der Puder heißt Samtschleier Hollywood*«, erwiderte die Tripolina und winkelte ein Knie an, um das Täschchen darauf abzustützen, und kramte darin herum. »Leider sind die Sandalen mit Keilabsatz nicht von Ferragamo, ansonsten würde ich aussehen wie aus dem Modejournal ›Grazia‹. Hin und wieder werfe ich mich schon in Schale, was glauben Sie denn?«

Sie zog den Schlüssel mit einem Bändchen dran aus der Handtasche und schloß die Eingangstür auf. Sie drückte den Türflügel nach innen, um De Luca den Vortritt zu lassen.

»Mit dem Betrieb in der Via delle Oche haben Sie wohl Gewinn gemacht«, sagte De Luca, ohne einzutreten.

»Wenn Sie genauer hinsehen, können Sie feststellen, daß ich mir das *Boise de Rose* selbst genäht habe, und zwar aus Vorhangstoff, den ich habe färben lassen. Und *Venezianische Nächte* hat mir ein Student geschenkt, der sein Examen in meinem Etablissement vorbereitet hat.«

»Und die Via dell'Orso? Ist das auch ein Geschenk?«

Die Tripolina schob die Tür auf, die wieder zugefallen war, preßte die Handtasche gegen die Hüfte, drehte sich zur Seite und ging zwischen De Luca und dem Türrahmen hindurch ins Haus. De Luca folgte ihr. Sie drehte am Schalter neben der Tür, und das Licht der Deckenlampe in der Zimmermitte wurde von den Spiegeln und den Vergoldungen reflektiert.

»Wir haben noch geschlossen«, sagte die Tripolina und löste den Knoten des Kopftuchs. »Die Mädchen der neuen Zweiwochenbesetzung werden erst morgen antreten.«

De Luca ließ sich auf dem roten Sofa nieder, versank im Samtpolster und stützte die ausgebreiteten Arme auf der runden Rückenlehne ab. Er schüttelte den Kopf, um die plötzliche Müdigkeit zu verscheuchen, die ihn stets in den unpassendsten Augenblicken überfiel. »Ich bin nicht hier, um zu konsumieren, sondern um Fragen zu stellen«, erklärte er, »und dann werden wir sehen, ob die neuen Mädchen tatsächlich morgen ihren Dienst antreten.«

Die Tripolina hatte das Kopftuch abgenommen. Sie hatte die schwarzen Haare wie immer zu einem Nackenknoten aufgesteckt, und wie immer fielen ihr ein paar Fransen über die Stirn bis fast in die Augen. Der *Samtschleier Hollywood* hellte ihren Teint nur ganz leicht auf. »Stört es Sie, wenn ich mir die Schuhe ausziehe?« fragte sie. »Sie haben recht, ich bin an Pantoffeln gewöhnt.«

»Sie sind ja hier zu Hause.«

»Ja ... Sie auch, wie mir scheint.«

Sie beugte sich hinunter, um die Schuhriemen über den Fersen zu lösen, zog die Sandalen mit Korkabsatz aus und kickte sie weit von sich. Das knielange rosa Kleid entblößte Tripolinas nackte Beine; sie strich es über den Hüften glatt, wobei De Luca sie nicht aus den Augen ließ.

»Warum erzählen alle deine Mädchen das gleiche? Wer hat ihnen diese Version aufgezwungen?«

Die Tripolina öffnete ihre Tasche, zog einen dunklen Zellophanbeutel hervor und drehte ihn raschelnd hin und her.

De Luca beobachtete sie unablässig. »Was hast du mit der Geschichte zu tun?«

»Wissen Sie, wo ich das wenige Geld ausgebe, das ich habe, Commissario?« Mit diesen Worten machte die Tripolina einen Schritt auf den Diwan zu. »Die Kleider nähe ich mir selbst, denn als junges Mädchen habe ich bei der Revue gearbeitet und auch Nähen gelernt. Aber die Strümpfe muß ich mir leider kaufen.«

»Was hast du mit der Geschichte zu tun?«

Die Tripolina öffnete den Beutel und warf De Luca einen ernsten Blick zu, der an ihm haftenblieb. Leise fragte sie: »Stört es Sie, wenn ich die anprobiere?«

Darauf zog sie das Kleid bis zu den Schenkeln hoch, hob ein Bein und stellte den Fuß aufs Sofa, genau zwischen De Lucas Schenkel.

»Nein, halt mal, einen Moment, Tripolina«,

wehrte De Luca streng ab. »Damit wir uns gleich richtig verstehen, ich bin hergekommen, um Fragen zu stellen, nicht um zu konsumieren. Fragen, Tripolina. Hast du jemals etwas von einem gewissen Abatino gehört?«

Da stieß Tripolina den Fuß so heftig nach vorn, daß De Luca verschreckt auffuhr, doch sie hatte nur den Stoff seiner Hose gestreift. Den einen Strumpf hatte sie zu einem kleinen schwarzen Ring aufgerollt und streckte die Zehen, um hineinzuschlüpfen. Erneut berührte sie De Luca zwischen den Beinen. Sie ließ das schwarze Nylon das Bein hinaufgleiten, strich es, den Fuß auf der Spitze aufgesetzt, mit den Händen glatt; das Bein zur Seite gedreht, fuhr sie mit den Fingern an der Fersenverstärkung der Naht bis zum Oberschenkel entlang, preßte dann das Fleisch am Schenkelansatz mit beiden Händen, denn sie trug keinen Strumpfhalter. »Ist das wahr? Seit einem ganzen Jahr hast du keine Frau mehr angerührt?« fragte sie leise.

De Luca blieb ihr die Antwort schuldig. Die Arme wie Christus am Kreuz ausgebreitet, starrte er sie an. Sie zog eine Haarklammer aus dem Haarknoten, bog sie mit den Zähnen auseinander und befestigte damit den Strumpf am Spitzensaum des Slips, der unter dem Kleid hervorschaute. Er sah ihr nach, als sie mit einem nackten und einem bestrumpften Bein die Sandalen auflas und Richtung Treppenhaus ging, den Kopf schüttelnd, um die Haare zu lösen. Auf der ersten Stufe, eine Hand auf dem Geländer, die

Schuhe in der anderen, den Nackenknoten beinahe noch intakt, drehte sie sich zu De Luca und machte mit dem Kopf ein mehr als eindeutiges Zeichen Richtung Treppe. De Luca seufzte, löste die Arme von der Rückenlehne und erhob sich. Sie hatte auf halber Treppenhöhe halt gemacht und wartete auf ihn.

Ein heftiger Stoß riß ihn aus dem Schlaf. Er fuhr auf, blinzelte kurz, den Mund geöffnet, in die Dunkelheit und fragte sich, wo er war. Das metallische Quietschen von Sprungfedern und das Knarren eines Bettkastens besagten ihm, daß er in einem Bett war und geschlafen hatte. Tripolina, die nackt, mit aufgerissenen Augen und schwer atmend am Bettrand kniete, war Beweis dafür, daß er in der Via dell'Orso genächtigt hatte.

»Entschuldige«, sagte sie. »Ich habe Angst bekommen. Ich bin nicht daran gewöhnt, jemanden im Bett zu haben.«

De Luca schaute sie an.

Hart kniff sie die Augen zusammen. »Ich wollte sagen, ich bin nicht daran gewöhnt, mit jemandem im Bett zu schlafen, sie gehen immer vorher weg.«

»Das hatte ich begriffen«, erwiderte De Luca. »Daran hab ich nicht gedacht.«

Das Zimmer lag im Halbdunkel. Die Morgendämmerung drang durch die angelehnten Holzläden und warf glänzende Schatten und Reliefzeichnungen auf Tripolinas Kurven. Schön ist sie, dachte De Luca.

»Schön bist du«, sagte er zu ihr. Sie lächelte und rutschte zu ihm hin. Er spürte ihre warme, fast ein wenig schweißfeuchte Haut an seiner Hüfte. Sie drückte die Stirn gegen seine Wange und drängte sich an ihn, legte den Arm über seinen Oberkörper und versenkte die Finger in seinen zerzausten Haaren.

»Hör mal...«, De Luca kostete es einige Anstrengung, sich an ihren richtigen Namen zu erinnern, »hör mal, Claudia...«, und als sie ihren wahren Namen hörte, preßte sie ihre Stirn noch fester gegen De Lucas Wange, »hör mal, Claudia... wie kommt es nur, daß du... Ich meine, was hat dich dazu gebracht...«

Die Tripolina hob einen Augenblick den Kopf, dann legte sie sich wieder zurück, nur etwas höher auf dem Kissen, ihren Mund dicht an De Lucas Lippen, und er spürte ihren warmen Atem.

»Entschuldige«, sagte er, »das ist eine blöde Frage.«

»Nein«, wehrte die Tripolina ab, »nur hatte ich nicht damit gerechnet. Das ist die Frage eines *Plauderers*. Du mußt wissen, in den Bordellbetten finden sich die *Verschmusten*, die wie von der eigenen Frau gehätschelt werden wollen; dann gibt es die *Spezis*, die ausgefallene Sachen wollen, dann die, die sich verlieben, und zum Schluß eben die *Plauderer*. Bei dir hätte ich das nicht vermutet.«

»Ich bin nun mal von Natur aus neugierig«, sagte De Luca. »Aber das ist auch nicht so wichtig, egal, ich...«

»Als ich ganz jung war, bin ich als Soubrette im

Kabarett aufgetreten ... Das heißt, ich war Reihentänzerin, doch mit guten Zukunftsaussichten. Ich habe mit Wanda Osiris getanzt, aber ich bin rausgeflogen, weil sie mich mit dem Oberkomiker im Bett erwischt haben, und der war ihr Verlobter. Er hat mich rumgekriegt, weil er mir ein Geschenk versprochen hatte. Wer weiß, vielleicht hatte ich immer schon eine Hurennatur. Aber was soll's ... Wenn die Sache läuft, werde ich eines Tages ein Etablissement wie das *Chabanis* in Paris haben, und dann kann mich die Osiris mal gern haben! Und du, warum bist du Polizist geworden?«

»Vielleicht weil es ebenfalls in meiner Natur lag. Ich bin eben neugierig. Deshalb will ich auch wissen, was du mit ...«

Die Tripolina zog ihre Finger aus De Lucas Haar und legte sie ihm auf die Lippen.

Säuselnd sagte sie: »Ich bin in sämtlichen Bordellen Italiens gewesen, auch in denen der Spitzenklasse, wo man dazulernt.« Das Flüstern drang durch ihre Finger, streifte seinen Mund, seine Augen, seinen Hals, »ich kann alles, ich mache alles, alles, was du willst ...«, und ihr warmer Atem ging über seine Brust, die Magenmuskeln, die sich zusammenzogen, streifte ihn noch tiefer.

»Tripolina ... Claudia, warte ...«, murmelte De Luca, dann schloß er die Augen und stöhnte mit verzerrtem Unterkiefer, als er ihre Lippen, ihre schnelle Zunge und ihre Zähne spürte. Er hob den Kopf und streckte die Arme aus, berührte ihren nackten Rükken, der im Widerschein des ersten Morgenlichts glänzte.

Mit einem Ruck packte er sie an den Schultern, ihre Haare streifend. »Claudia, ich bitte dich, warte Claudia ... Christus, Tripolina! Du kannst doch nicht jedesmal, wenn ich dir eine Frage stelle, so etwas bringen!«

Die Tripolina hob den Kopf und sah De Luca an. Die Haare in ihrer Stirn waren naß vom Schweiß, und ihr Gesicht lag im Schatten, da sie außerhalb des Lichtfelds des Fensters auf dem Bett kniete. Dennoch war zu erkennen, daß sie die Augen halb geschlossen und die Lippen zusammengepreßt hatte. »Warum?« zischelte sie. »Warum nicht? Ich habe es immer so gehalten. Laß mich in Ruhe, laß mich gehen, und du kannst machen, was du willst, wann du willst, mit mir, mit meinen Mädchen ...«

»Also bist auch du in die Geschichte verwickelt.«

Die Tripolina hatte wieder den Kopf gesenkt, eine Hand auf De Lucas Brust gestützt, richtete sich jedoch sofort wieder auf und ballte die Hand zur Faust. Wären ihre Fingernägel länger gewesen, hätte sie ihn bestimmt gekratzt.

»Sag mir, was steckt dahinter? Wenn du wegen etwas Angst hast, laß das meine Sorge sein ... Ich beschütze dich, Claudia.«

»Du willst mich beschützen?« Auf Tripolinas Gesicht spielte ein hartes Lächeln, das die Falten in den Mundwinkeln hervortreten ließ. »So mächtig bist du nicht, Commissario, keiner von uns beiden ist das.

Du bist nur ein Polizist, und ich bin eine Hure. Und seit meinem zwanzigsten Lebensjahr passe ich selbst auf mich auf. Ich habe dir ein Angebot gemacht. Du weißt, was dich erwartet, du hast es gestern abend gesehen ... Und es hat dir gefallen. Bist du dabei? Bist du mit von der Partie, Commissario?«

De Luca atmete schwer und setzte sich im Bett auf. Er ließ die Beine über den Bettrand auf den Boden hinunter, stützte die Ellenbogen auf die Knie und fuhr sich mit den Fingern durchs Haar. Er wußte nicht, was er sagen sollte; so schwieg er und begann, sich anzukleiden. Er hörte, wie sich die Tripolina hinter seinem Rücken bewegte, als sei sie aus dem Bett gestiegen, aber ihm fehlte der Mut, sich zu ihr umzudrehen. Er war verwirrt, und eine ungeheure Müdigkeit hatte ihn befallen. Als er, immer noch im Sitzen, die Schuhe zugebunden hatte, überkam ihn für einen Augenblick die Versuchung, sich rücklings in die zerwühlten Bettücher sinken zu lassen, die immer noch warm sein mußten. Dann schüttelte er den Kopf und erhob sich mit einem Ruck. Erst jetzt drehte er sich um und sah die Tripolina an. Nackt stand sie neben dem Bett, und ihre dunkle Haut schimmerte inmitten der Lichtscheide voll wirbelnder Staubteilchen, die durchs Fenster fielen. Sie fixierte ihn mit ihrem harten Blick, in dem zynische Resignation und ein Flackern wie kurz vor den Tränen lag.

»Ciao, Tripolina«, sagte er und verließ das Zimmer.

Er war fast am Treppenfuß angelangt, als sie sich

über die Brüstung lehnte und schrie: »Du lahmer Esel, du Schwuli, du impotenter Sack«, und sie warf ihm ein Kissen hinterher. Sie keifte weiter, bis er aus der Tür war.

17. April 1948

Samstag

SOLLTEN DIE WAHLEN NICHT RUHIG UND GESITTET VERLAUFEN, WERDEN SIE ABGEBROCHEN.

DIE KOMMUNISTEN VERHINDERN DAS ANBRINGEN EINES WAHLPLAKATS.

WEITERE WAFFEN IN DER GEGEND VON REGGIO EMILIA ENTDECKT.

250000 RÖMER AUF DER WAHLVERSAMMLUNG VON LIZZARDI UND TOGLIATTI. FRONTE DEMOCRATICO TRÄGT DEN SIEG DAVON. ES LEBE DER SIEG DES VOLKES.

MORGEN GEHT ES AN DIE WAHLURNEN. HEUTE LETZTE MÖGLICHKEIT, WAHLTOTO ZU SPIELEN – GEBT EUREM SCHICKSAL EINE CHANCE.

Hinkend traf er im Polizeipräsidium ein. Unterwegs hatte er gegen einen Stein gekickt und sich den Fuß verletzt. Unterm Bogen an der Eingangstreppe stand noch der Wachposten für die Nachtstunden und grüßte ihn mit müde aufgerissenen Augen, die Hand träge zum Mützenschirm führend. De Luca erwiderte den Gruß nicht, sondern ging geradewegs in sein Büro hinauf; seine ungleichen Schritte hallten im leeren Korridor wider. Er setzte sich auf den Schreibtischstuhl, hielt sich am Tischrand fest, um das Quietschen des Drehgelenks zu vermeiden, und ließ sich gegen die Rückenlehne fallen. Stille hüllte ihn ein. Er schloß die Augen, atmete tief durch, und ihm war, als stürze das Büro auf ihn zu, um ihn unter sich zu begraben. Es roch leicht stechend nach altem Lysoform, nach verstaubten Sammelakten, nach feuchtem Verputz, nach säuerlichem Linoleumboden. Sogar den stark öligen Geruch der Pistole, die er vor sich auf den Schreibtisch gelegt hatte, nahm er wahr. Betäubt von den Gerüchen, die das Polizeipräsidium erfüllten, wäre er beinahe eingenickt. Doch als er das Kinn auf die Brust senkte, drang eine schwache, leicht bittere Brise aus den Falten des offenstehenden Oberhemds in seine Nasenflügel: *Venezianische Nächte*, *Samtschleier Hollywood*, vielleicht auch nur der Duft von Tripolinas dunkler, glatter Haut. So löste er sich von der Stuhllehne, legte die Arme zu einem Ring auf den Schreibtisch und verbarg den Kopf darin, benommen vom Ölgeruch der Pistole unter seiner Nase.

Der unterdrückte Schluckauf und das *tra-trac* der grünen Aktenbündel, die aus Di Naccios Armen auf den Boden gefallen waren, rissen De Luca unsanft aus dem Schlaf. Ruckartig fuhr sein Kopf auf.

»Du guter Gott, Commissario ... Ich hab vielleicht einen Schrecken gekriegt.«

»Ich auch«, sagte De Luca, und sein Gesicht verzog sich zu einer Grimasse. Der bittere Geschmack des Schmieröls war ihm auf den Lippen haftengeblieben und jetzt bis in die Kehle vorgedrungen.

»Ich dachte nicht, Sie hier anzutreffen«, fügte Di Naccio hinzu.

De Luca zuckte mit den Achseln. »Ich bin heute früher gekommen.«

»Ich wollte sagen ... Ich dachte nicht, Sie hier in diesem Büro zu finden.«

De Luca hatte schon die Arme ausgebreitet und die Handgelenke angespannt, um sich zu recken und zu strecken, als er innehielt und fragte: »Warum?«

»Weil Sie versetzt worden sind. Hat Ihnen das keiner gesagt? Ich weiß, daß man gestern versucht hat, Sie zu erreichen, aber ...«

»Versetzt? Was heißt hier versetzt ... Wohin denn?«

»Soweit ich weiß zum Nachtdienst. Aber hat Sie keiner darüber informiert?«

De Luca war mit einem Satz auf den Beinen, nahm die Pistole vom Tisch und steckte sie in die Pistolentasche. An der Tür rutschte er auf einem 18 C-Formular aus und mußte sich mit beiden Armen an Di Naccio festhalten, eine halbe Walzerdrehung machend, um nicht hinzufallen.

Wie der Blitz, zwei Stufen auf einmal nehmend, rannte er die Treppe hinauf, die von den Räumen des Mobilen Einsatzkommandos zu denen der Vorgesetzten führte, und hielt keuchend auf dem Treppenabsatz inne. Er hatte zwei fast identische Türen vor sich, die so nahe beieinander lagen, daß sie zu ein und demselben Büro gehören könnten. Nur die Schrift auf den lackierten Metallschildern war unterschiedlich: *dott. Saverio Scala, Capo di Gabinetto und dott. D'Ambrogio, Vicario del Questore*. De Luca hatte die Fingerknöchel gegen Scalas Tür gelegt und wollte anklopfen, sobald er wieder zu Atem gekommen war. Doch da ging die Tür auf. Scala sah unverändert aus: der gleiche graue Zweireiher, das gleiche offene Hemd ohne Krawatte. Nur der Blick war nicht mehr vergnügt.

»Was gibt es?« sagte er. »Ich habe Sie rennen hören ... Was wollen Sie?«

»Ich bin versetzt worden«, sagte De Luca.

»Ich weiß, zum Nachtdienst. Aber Sie können sich nicht beklagen, zumindest sind Sie in Bologna geblieben.«

De Luca wußte nicht, was er sagen sollte. Er wiederholte: »Ich bin versetzt worden«, und dann noch einmal, bis auf Scalas Lippen ein sarkastisches, keineswegs vergnügtes Lächeln erschien. Da ballte er die Fäuste und blickte Scala herausfordernd an. »Und der Fall?« fragte er.

Scala machte eine Bewegung, schob hinter seinem Rücken die halbgeschlossene Bürotür auf und trat ein. De Luca blieb unschlüssig auf der Schwelle stehen. Scalas Büro war leer. Nur auf dem Schreibtisch stand ein großer Karton aus dem Bücher und eine quer hineingeklemmte Aktenmappe ragten. Scala ging zur Wand, nahm eine gerahmte Fotografie ab und hielt sie schräg, damit kein Sonnenlicht darauf fiele. Togliatti, Pajetta, Longo und Amendola überquerten da im Gespräch die Straße, und hinter ihnen auf dem Pflaster Scala, leicht verwackelt, als wollte er gerade einen Sprung über die Straßenbahnschienen machen.

»Der Fall interessiert keinen mehr, Commissario De Luca. Wir wissen nicht, wohin er führen könnte. So hat man sich darauf geeinigt, daß es ein politischer Fehler wäre, ausgerechnet jetzt einen Riesenwirbel zu verursachen. Ich bin zwar nicht einverstanden, aber ich füge mich. Es tut mir leid.«

Er war dabei, die Fotografie zu den anderen Sachen in den Karton zu stecken, aber De Luca hielt ihn am Ellenbogen fest und blockierte die Bewegung.

»Was soll das heißen, der Fall interessiert keinen mehr?« fauchte er. »Mich interessiert er ... uns interessiert er! Wir sind doch Polizisten!«

»Sie sind Polizist, ich bin es nicht mehr. Ich werde wieder in die Politik gehen, obwohl ich lieber als Partisan kämpfen würde. Doch mir scheint, die Würfel sind schon gefallen, und auch der Partisanenkampf würde nichts mehr nutzen. Wissen Sie, was unser Fehler ist, Commissario?« Scala ergriff De Lucas Handgelenk mit zwei Fingern und hob die Hand von seinem Arm. »Daß wir siegen wollen, aber Angst davor haben, daß der Sieg uns überrollen könnte ... Und so bleiben wir auf ewig Verlierer. Mit wir meine ich wir Kommunisten, Commissario.«

Er ließ das Foto in den Karton fallen, schob die Finger unter die Ecken und hob ihn an. De Luca blieb sprachlos stehen und ließ sich von Scala beiseite schieben, als der durch die Tür gehen wollte.

»Wenn Sie den neuen Chef des Privatsekretariats begrüßen wollen«, sagte Scala, »müssen Sie warten, daß Scelba sich bequemt, einen zu ernennen. Doch ich rate Ihnen, sich bei Ihrem neuen Vorgesetzten vorzustellen, Commissario De Luca. Er hat sein Büro genau hier«, und damit machte er eine knappe Bewegung mit dem Kopf und deutete in Richtung des Büros mit dem lackierten Namensschild: *dott. D'Ambrogio, Vicario del Questore.*

18. April 1948

Sonntag

ALLE BÜRGER GEHEN AN DIE URNEN, 29 MILLIONEN ITALIENER SIND AUFGERUFEN, IHRER BÜRGERPFLICHT NACHZUKOMMEN.

DIE WELT WARTET MIT SPANNUNG AUF DEN AUSGANG DER WAHLEN.

DIE HILFSLEISTUNGEN DER AMERIKANER: MARSCHALLPLAN, IM ERSTEN JAHR SIND 703,6 MILLIONEN DOLLAR FÜR ITALIEN VORGESEHEN.

FÜR ITALIEN, WÄHLE GARIBALDI!

DER ›FRONTE‹ VERPFLICHTET SICH FEIERLICH, DIE WAHLERGEBNISSE ZU RESPEKTIEREN.

STRENGE POLIZEIVORKEHRUNGEN ZUR WAHRUNG DER ÖFFENTLICHEN SICHERHEIT.

»Vorsicht, langsam ... Platz machen, bitte!«
Das Bett schaukelte wie auf einer Wasserfläche hoch über den Köpfen der Volksmassen vor dem Wahlsitz. Auf dem Bett lag eine klapperdürre Alte mit einem Schal um den Kopf. Mit weit aufgerissenen

Augen, die Hände um den Bettrand geklammert, blickte sie umher. De Luca machte ein Zeichen, und die drei uniformierten Beamten hängten ihre Karabiner um und bahnten sich mit Schulterstößen einen Weg durch die Menge bis zu dem Bett, das auf einer Seite schon bedrohlich schief hing.

Vor den Treppenstufen unterhalb des Eingangs zum Wahlsitz hätten die Leute eine geordnete Zweierreihe bis zur Straßenecke bilden sollen, und das war auch der Fall gewesen, bis der Lastwagen des Krankenhauses eingetroffen war.

In dem Durcheinander von Pritschen, Tragbahren und Krankenwärtern, die Männer im Schlafanzug, mit Verbänden und eingegipsten Gliedern von der Ladefläche steigen ließen, sowie von Polizeiagenten, die man zu ihrer Unterstützung abkommandiert hatte, und Krankenschwestern, die am liebsten sofort gewählt hätten, ballten sich die Leute genau vor dem Wahlsitz zu einem dichten Knäuel; einer der Schwestern war sogar der Schleier vom Kopf gerissen worden, und vier Carabinieri hatten, auf den Stufen stehend, die Leute zurückgedrängt; eine Frau mit einem kleinen Kind im Kinderwagen mit Sonnenschirmchen hatte angefangen zu schreien, De Luca hatte eine Hand gehoben, die Beamten in seinem Rücken hatten die Karabiner ergriffen und waren bereit, die Masse zu teilen. Da hatte sich die Reihe aufgelöst, und genau in diesem Augenblick waren zwei Tropfen vom Himmel gefallen, und alle standen still. Man ließ die Schwestern durch, und die Reihe hatte sich ungeordnet, aber friedlich wieder geschlossen. Zusammengepfercht warteten die Leute nun vor dem Eingang des Wahlsitzes, umgeben von De Lucas Männern und unzähligen Fahrrädern, die auf dem Boden lagen, gegen Bäume oder Hauswände gelehnt waren.

De Luca blinzelte zum Himmelsschwarz hinauf, und ein einsamer Regentropfen fiel herab und kitzelte ihn auf den Lippen.

»Ich geh rein«, sagte er zu einem Brigadiere. Eine Frau hatte genau an der Ecke des Eingangs, ihren Regenschirm öffnend, ein Loch in der Menge geschaffen, und er machte sich diese Gelegenheit zunutze, um ins Wahllokal zu schlüpfen und sich hinter dem Beamten durchzuzwängen, der die Wahlberechtigungsscheine kontrollierte. Das Wahllokal war in einer öffentlichen Schule, und De Luca stellte sich mit verschränkten Armen im Gang auf und sah in ein Klassenzimmer hinein. Dort saß ein Mann an einem Feldtisch und prüfte die Wahlscheine, einen Bleistift in der einen Hand und ein Salamibrötchen in der anderen. Bei jedem neu Eintretenden nickte er, hakte den Namen auf der Liste ab und biß einmal ab. *Albertina Silvana:* groß, üppige Formen, Handschuhe aus gekämmter Baumwolle, Handtäschchen aus Zelluloid, weißer Hut mit runder Krempe und hell getupftem Schleier. Ein Kraxel auf der Liste, ein Biß in die Semmel. *Babini Uber:* ein kleiner Kerl mit rötlicher Haut, gestreifte, viel zu eng gebundene Krawatte, gewelltes Haar, steif vor lauter Haarpomade.

Ein Haken auf der Liste und ein Biß ins Brötchen. *Minzoni Matteo*: Regenmantel über doppelreihigem Nadelstreifenanzug, weißes Taschentuch in der Brusttasche des Jacketts. Ein Zeichen auf der Liste und ein Biß. *Carloni Maria Grazia:* schwarze Stola über buckligem und schiefem Kreuz, offenes Kopftuch über weißem Haar wie in der Kirche. Ein Zeichen und ein Biß. *Baroncini Vito:* Abzeichen des ANPI am Revers der offenen Jacke, ›L'Unità‹ in der Tasche. Ein Strich, ein Biß. Ein Strich, ein Biß.

De Luca hatte wegen des üblichen Ekelgefühls den Mund verzerrt und sah über den Mann mit dem belegten Brötchen hinweg durchs Fenster. Im dunklen Himmel war ein azurblaues Loch mit einer weißen Wolke wie ein Sahnetupfen. De Luca hätte am liebsten seinen Kopf dort hineingesteckt und mindestens eine Million Jahre so ausgeharrt. Statt dessen löste er sich von der Wand, stellte sich auf die Zehenspitzen, um besser sehen zu können. Auf der Straße hatte ein Jeep von der Wochenschau Incom mit Fotografen und Kameramännern halt gemacht, und alle sprangen auf den Gehsteig.

»Da ist Dozza ... Da ist der Bürgermeister Dozza«, raunte jemand. In Windeseile füllte sich der Korridor mit Leuten, und De Luca sah sich mit einem Schlag von einer Wand aus Menschenrücken vom Geschehen abgeschnitten und in eine Ecke gedrängt. Er wollte sich, die geöffneten Hände vorgestreckt und ›*Polizei, bitte durchlassen, Polizei*‹ rufend, Platz verschaffen, doch ein Zeitungsfotograf stellte sich neben ihn und blendete ihn mit einem Blitzlicht. De Luca schloß die Augen. Bei jedem Flash sah er unter den Lidern Rot.

Und genau in dieser Situation vernahm er irgendwo aus der Menge die Stimme einer älteren Frau. »*Mamma mia*, was für Blitze! Man könnte meinen, es ist ein Gewitter!«

De Luca riß die Augen weit auf und blickte unter einem Tränenschleier um sich. Doch schon hatte er jene Stimme vergessen, und im Handumdrehen vergaß er auch den Bürgermeister Dozza, die Wahlen, den Auftrag des öffentlichen Sicherheitsdienstes.

Das Gewitter. Die Blitze. Die Blitzlichter eines Fotografen. »Du guter Gott, was für ein Idiot bin ich doch«, sagte er laut und boxte sich zum Eingang durch, um das Wahllokal zu verlassen.

DIE AMERIKANISCHEN HILFSLEISTUNGEN FÜR ITALIEN.
LEBENSMITTEL UND BRENNSTOFF FÜR 11 MILLIONEN
DOLLAR.
  LEBHAFTES INTERESSE AM AUSGANG DER WAHLEN.

De Luca fragte sich, wie sie wohl diesmal auftreten würde, ob in Hausschlappen und Unterrock oder wie aus dem Modejournal ›Grazia‹, doch als die Tür in der Via dell'Orso aufging, machte er überrascht einen Schritt rückwärts. Auf der Schwelle stand nicht die Tripolina, sondern ein anderes Mädchen. Sie war blond, der große Busen war in einen Bügel-BH gequetscht, und darüber trug sie einen durchsichtigen Morgenrock. Sie kaute etwas, und ein Brotkrümel klebte an ihrem Kinn. »Ich weiß nicht, ob wir schon offen haben«, sagte sie und drehte den Kopf über die spärlich verhüllte Schulter und rief laut: »Signora! Haben wir offen oder nicht?«

»Wir sind immer offen!« ertönte eine Stimme aus dem Empfangsraum. Das Mädchen lachte kurz und schrill, und ihr Lachen vermengte sich mit dem Gelächter, das aus einer halbgeschlossenen Tür hinter dem Runddiwan kam. Die Tripolina machte die Tür auf und betrat mit einer Serviette in der Hand den Salon. Sie trug ein hochgeschlossenes Kleid mit kleinem Blumenmuster, das ihr bis über die Knie reichte und die runden Hüften betonte. Die Haare waren wie immer zu einem Nackenknoten gedreht. Sie lächelte noch wegen der schlagfertigen Antwort, als sie De Luca erblickte, und ihr Lächeln erstarb. »Ach, du bist es«, meinte sie. »Geh nur, Dolores, das besorge ich ... Es ist für mich.«

Sie verpaßte dem Mädchen einen leichten Klaps aufs Hinterteil und drückte ihr die Serviette in die Hand. Dann lehnte sie sich gegen die Tür, eine Hand auf die Hüfte, die andere gegen den Türrahmen gestützt, einen nackten Fuß aufs Knie gesetzt, und starrte De Luca an. »Was willst du?« fragte sie.

»Die Wahrheit«, sagte De Luca.

»Die Wahrheit worüber? Willst du wissen, wie du im Bett bist?«

»Ich will wissen, was am vergangenen Sonntag in der Via delle Oche passiert ist.«

Die Tripolina schluckte schnell, flach atmend, rührte sich aber nicht, Auge in Auge mit De Luca. »Nichts ist passiert in der Via delle Oche, letzten Sonntag.«

»In Wirklichkeit ist etwas so Aufsehenerregendes geschehen, daß Abatino sich gezwungen sah, drei

Menschen über die Klinge springen zu lassen. Etwas, was man von der Rückseite aus mit einem Blitzlicht fotografieren konnte, so daß die Mädchen mit den Zimmern auf den Hof hinaus sogar glauben konnten, draußen gewittere es.«

»In der Via delle Oche ist nichts geschehen.«

»Du bist verhaftet.«

Die Tripolina nahm die Hand vom Türrahmen und tat schwankend einen Schritt zurück. De Luca machte die Tür weit auf und betrat den Salon. Der Hausschuh blieb auf dem Boden liegen.

»Ich verhafte dich wegen Aussageverweigerung, Beihilfe zum Mord und wegen Verstoßes gegen die Vorschriften des Dirnenwesens ... Wegen des einen oder des anderen Punktes oder wegen aller drei, das ist nicht so wichtig. Wenn du mir nicht erzählst, was sich in der Via delle Oche zugetragen hat, lege ich dir die Handschellen an und bringe dich hinter Gitter, so, wie du bist.«

Die Tripolina wich ein Stück zurück und preßte die Lippen heftig aufeinander, bis sie weiß wurden. Ihr Kinn zitterte, und als sie den Mund ein wenig öffnete, standen ihr Tränen in den Augen.

»Ich hatte es ihr gesagt, der da war für bestimmte Sachen einfach zu alt«, erklärte sie beinahe lächelnd, »und mir schien auch, daß es ihm nicht besonders gut ging, blaß, wie er war ... Für bestimmte Dinge habe ich ein Auge, ich übe das Gewerbe schon seit einer Weile aus. Aber er wollte sich nichts sagen lassen. Er hatte von der Lisetta gehört, und ihm gefielen die fünftklassigen Bordelle und die ganz jungen Mädchen, und deshalb wollte er die Ferrarese ...«

»Wer?« fragte De Luca aufstöhnend, denn längst hatte er begriffen.

»Als dann die Lisetta schreiend angerannt kam, wußte ich sofort, was für ein Unglück passiert war. Und tatsächlich lag er mausetot auf dem Bett in ihrem Zimmer ...«

»Wer, Tripolina. Du mußt es mir sagen ... Wer?«

»Der Abgeordnete Orlandelli ... ›Heimischer Herd und Kirchenbank‹.«

De Luca hob die Augen zur Zimmerdecke und blies den Atem aus. Dann fluchte er, stumm die Lippen bewegend, und lächelte. Die Tripolina aber weinte still vor sich hin. Tränen kullerten ihre dunklen Wangen hinunter und benetzten ihre Wimpern, die unter den Reflexen der tropfenförmigen Leuchter funkelten.

»Jetzt läßt du mich schließen«, murmelte sie. »Genau jetzt, da ich's geschafft habe.«

»Nein«, entgegnete De Luca, »das heißt ... Ich weiß es nicht. Das hängt nicht von mir ab. Ich bin nur ein einfacher Polizist.«

Die Tripolina zuckte die Schultern, und De Luca war versucht, seine Hand auszustrecken, um ihre feuchten Wangen zu streicheln. Aber er stand nur da und sah diese junge Frau an, die lautlos weinte, die nur einen Pantoffel und ein hochgeschlossenes Blümchenkleid trug, wie es die Mätressen der zweiten Kategorie zu tragen pflegen. Bis sie sich umdrehte, aus dem Salon ging und auch den anderen Pantoffel auf dem Boden zurückließ. Auch er ging weg, trat auf die Via dell'Orso und schloß die Tür hinter sich.

An jenem Sonntag hatte es eine *Verdunkelung* in der Via delle Oche gegeben, eine außerordentliche Verdunkelung. Um alles noch sicherer und diskreter zu machen, war auch Ermes, der Aufpasser, der Kommunistensympathisant, weggeschickt worden. Aber er hatte trotzdem mitgekriegt, daß Onorevole Orlandelli, der Abgeordnete ›Heimischer Herd und Kirchenbank‹ erwartet wurde, und das hatte er eben von Lisetta erfahren, diesem schmächtigen Mädchen, das der Abgeordnete in der fünften Kategorie für fünfzig Lire die einfache Nummer aufsuchte. Und die Lisetta hatte ihm, Ermes, das nicht etwa gesagt, weil auch sie Kommunistin gewesen wäre. Nein, sie hatte vielmehr eine hervorragende Gelegenheit gewittert, mit Ermes abhauen zu können und sich *bald das Jawort zu geben*, wie es das Foto besagte, das vom Brotschrank abgerissen worden war – das einzige von vielen, das sie aufbewahrt hatte. Es bedurfte nur eines guten Fotografen, der den Abgeordneten Orlandelli beim Verlassen des Hauses Nr. 16 in der Via delle Oche nach einer einfachen oder vielleicht sogar einer doppelten Nummer für hundert Lire plus kleinem Geschenk fotografierte. Und dieser Fotograf war zur Hand: Osvaldo Piras, Sohn des Gavino, Bordellfotograf und ebenfalls Kommunist, jedoch mehr am schnöden Mammon als an der Partei interessiert. Das Dumme war nur, daß der Abgeordnete ›Heimischer Herd und Kirchenbank‹ tot war. Und für weitere Verhandlungen waren nur noch der Abatino und seine faschistische Schlägerbande zuständig. Und vielleicht weil der eher ans Zulangen als ans Reden gewöhnt war, vielleicht weil er abgebrannt war und die Fotos mit dem in eine Decke gewickelten Abgeordneten – der in Bologna in der Via delle Oche und nicht in Rom in seinem Parlamentarierbüro in der Nähe der Piazza del Gesù das Zeitliche gesegnet hatte – eine viel zu heiße Tauschware geworden waren, mußte er diese, um nicht unterzugehen, ganz rasch in die Finger bekommen. Und so hatte er sich ans Werk gemacht und einen nach dem anderen, beinahe bevor man ihm auf die Spur gekommen war, beiseite geschafft. Bis er dann endlich die Fotos gefunden hatte.

Ganz zuletzt hatte De Luca hervorgehoben, daß es sich um eine Hypothese handele, wenngleich sie einer logischen Schlußfolgerung sehr nahe kam. Wie auch der andere Umstand fast erwiesen war, daß nämlich die Tripolina wirklich keine Ahnung von der Erpressung und den Morden hatte und lediglich die Gelegenheit zu ihren Gunsten ausnutzen wollte, »weshalb *ihr einzig und allein der Tatbestand der Beihilfe beim Verbergen einer Leiche und der Unterlassung der Anzeige des Ablebens einer Person nach Artikel Sieben der Rechtsordnung zur Öffentlichen Sicherheit ›Über das Dirnenwesen‹ anzulasten ist.*

Und dem *dottor* D'Ambrogio der Tatbestand der Begünstigung.«

Beim Verlesen der letzen Zeile des Rapports hob D'Ambrogio mit zusammengepreßten Lippen den Kopf, und eine feine, querverlaufende Falte trat auf seine Stirn. »Was soll das heißen?« fragte er mit seiner kindlichen Falsettstimme.

»Das soll heißen, daß Piras seit 1929 als Informant für die faschistische Geheimpolizei Ovra tätig war, und seit 1947 war er es für den Leiter der Politischen Abteilung, sprich für Sie. Während Ricciotti mit Abatino verhandelte und dann wegen des Verrats des Fotografen in Verzweiflung geriet, war Piras bei Ihnen und hat Ihnen erzählt, was dem Abgeordneten kurz vor dem Stichtag der Wahlen widerfahren war. Sie haben dann alles geregelt, indem Sie der Tripolina den Mund stopften und ihre leichten Mädchen kreuz und quer über ganz Italien verteilten. Nur daß Abatino, dieser Fanatiker, als erster zur Stelle war, noch bevor Piras die Fotografien für Sie sichergestellt hatte. Ich kann dem Abatino nicht völlig unrecht geben, denn ohne die Fotografien stand er schon halb auf der Straße. Oder irre ich mich da?«

De Luca trat von D'Ambrogios Schreibtisch zurück. Seit er das Büro betreten und D'Ambrogio das mit dreifachem Durchschlag getippte Papier hingehalten hatte, stand er nach vorn gebeugt, bedrohlich gekrümmt wie ein Adler, die Arme auf den Schreibtisch gestützt da und umklammerte den Tischrand. Vor lauter Anspannung schmerzte ihm der Rücken.

D'Ambrogio reckte den Oberkörper und lehnte sich im Stuhl zurück. Er war so groß, daß sein Kopf die Ecken der Porträts von De Gasperi und Pius XII., Seite an Seite an der Wand, verdeckte. Bis zum Kruzifix aus Gips in der Höhe reichte er jedoch nicht.

»Das kommt darauf an«, sagte er. »Seit Sie Ihren Fuß in diese Abteilung gesetzt haben, irren Sie sich ständig, aber es ist noch immer Zeit, Ihre Fehler wieder gutzumachen. Was gedenken Sie zu tun, *dottor* De Luca?«

»Nicht *dottore*.«

»Was sind Ihre Absichten, Vicecommissario De Luca?«

»Mit den Ermittlungen fortzufahren. Ich gehe schnurstracks zum Staatsanwalt und lasse mir den Fall übertragen. Dann will ich die alte Besatzung der Via delle Oche einbestellen, eine Autopsie beim Abgeordneten Orlandelli vornehmen lassen und einen Durchsuchungsbefehl für die Via del Porto Nr. 18 beantragen, denn es sollte mich meinen Kopf kosten, aber die Fotografien sind dort, darauf könnte ich wetten.«

»Den Kopf kostet es Sie sowieso, Vicecommissario De Luca. In beruflicher Hinsicht, meine ich natürlich ... Ich bin ja nicht Abatino.«

De Luca legte die Stirn in Falten, biß die Zähne aufeinander und verschränkte die Arme auf der Brust, überm Regenmantel. »Versuchen Sie mich einzuschüchtern, *dottor* D'Ambrogio?«

»Um Gottes willen, Vicecommissario ... ich will

niemanden einschüchtern. Ich beratschlage mich nur mit einem meiner tüchtigen Untergebenen über die Möglichkeiten, in einem äußerst kniffligen Fall einen bestimmten Weg einzuschlagen. Denn das, was Sie so anmaßend als logische Schlußfolgerungen bezeichnen, sind in Wirklichkeit reine Vermutungen ... schlimmer noch, Unterstellungen. Worauf stützen Sie Ihre Unterstellungen in dem Rapport, Vicecommissario De Luca?«

»Auf die Enthüllungen einer Prostituierten, die ich im geeigneten Moment bestimmt zu Protokoll bringen werde.«

D'Ambrogio schob den Stuhl bis zu De Gasperi an die Wand und erhob sich ohne Eile. Er ging ans Fenster und sah auf die Piazza hinunter; auch vom zweiten Stock aus war ganz am Ende des Bogengangs ein kleiner Karren zu sehen, der mit den zerrissenen Resten der Wahlplakate beladen war. »Wissen Sie, was dieses Land braucht?« Die Frage war beinahe ein Singsang, als spräche er mit sich selbst. »Stabilität. Dieses Land muß wieder aufgebaut und nicht zerstört werden. Das haben auch die anderen Länder begriffen. Respekt, internationales Ansehen, Kapitalinvestierung, die Dollars des Generals Marshall, den Atlantikpakt, das ist es, was unser Land nötig hat ... und Ordnung.«

»Legalität.«

»Das ist das gleiche.«

»Für mich nicht. Ich bin Polizist.«

D'Ambrogio warf De Luca einen Blick über die

Schulter zu. »Bin ich auch«, sagte er, »und als Polizeibeamter stehe ich im Dienst der Regierung. Im Dienst übergeordneter Interessen, Vicecommissario, übergeordneter Interessen, wenn Sie verstehen.«
De Luca schwieg.
D'Ambrogio setzte sich und schob die Kopien des Rapports an den Rand des Schreibtischs. »Beenden wir dieses Gespräch«, sagte er in schärferem Ton. »Sie können Ihre Schlußfolgerungen, über die Sie mich so korrekt unterrichtet haben, ohne Aufschub an den Staatsanwalt weiterleiten. Aber ich kann Ihnen versichern, und im Innersten Ihres Herzens ist Ihnen das sicher klar, daß sie keinerlei Auswirkungen haben werden. Oder Sie können Ihren Rapport entsprechend der Hierarchieleiter Ihrem direkten Vorgesetzten zukommen lassen.«
»Wer ist das?«
»Ich.«
De Luca lächelte, und D'Ambrogios Wangen röteten sich. Mit zwei Fingern schob er die Rapporte beiseite und machte Platz für einen Stapel von Vorgängen, die bisher in der Ecke des Schreibtisches gelegen hatten. Er ließ die Finger über die Rippen der Aktenhefter gleiten, hielt nach der Hälfte inne und zog eine Sammelmappe aus orangefarbenem Karton heraus. De Luca stockte der Atem.
»Ich war gerade dabei, die Personalakten zu ordnen«, erläuterte D'Ambrogio und beugte sich mit zusammengekniffenen Augen, um vielleicht besser zu sehen, über die Akte, »als mir Ihre in die Finger

kam, Vicecommissario. *Hochkommissariat für Säuberungen*«, las er vor, »*Personalakte des dottor De Luca usw.* ... Sehen Sie, hier werden Sie als *dottore* geführt. Aber das ist nicht der Punkt, sondern die Fragen: *Sind Sie Mitglied der faschistischen Partei PNF gewesen? Ja,* das ist ja klar, das waren wir alle ... *Schläger: nein, Marsch auf Rom: nein, haben Sie eines der folgenden Ämter innegehabt, waren Sie bei der Freiwilligen Miliz für die Nationale Sicherheit: nein, gehörten Sie zur Ovra: nein* ... Lauter Nein, bravo, De Luca. Im übrigen waren Sie ja auch nur ein Polizist.«

De Luca sagte kein Wort. Er bekam kaum Luft, und sein Herz pochte wild.

»Von Frage Nr. 32 an wird es jedoch problematisch: *Haben Sie der Republikanisch-faschistischen Partei angehört?* Und eben hier haben Sie nichts angegeben und keinen der Punkte beantwortet, die die Republik von Salò betreffen. Nun ...«, und D'Ambrogio heftete die Augen auf De Luca, »nun handelt es sich hierbei sicherlich um ein Versehen, und wir haben keinen Grund, an Ihren Antworten zu zweifeln, die Sie in diesem Zusammenhang geben wollten – alle negativ, nehme ich an und hoffe es für Sie ... Wenn es nicht das hier gäbe.«

D'Ambrogio schob einen Zettel über den Tisch und kehrte ihn mit einer raschen Pirouette zwischen zwei Fingern um, damit De Luca lesen konnte, was darauf stand. Es war ein viereckiger Zettel von einer ehemaligen Lebensmittelkarte, und praktisch als

Überschrift war da ein blauer Stempel *Comitato di liberazione nazionale*.

Der Text war maschinengeschrieben, und De Luca las nur die ersten Zeilen und blickte dann zu D'Ambrogio auf. »Das ist nicht wahr«, hauchte er.

»Ich zweifle nicht daran, daß Sie keine persönliche Verantwortung für die Tatbestände tragen, die Ihrem Amt angelastet werden«, sagte D'Ambrogio, »dennoch haben Sie keine einfache Position. Wenn ich gut unterrichtet bin, wurde Ihr Befehlshaber bei Kriegsende unter Prozeß gestellt und zum Tode verurteilt … Gewiß, Zeiten wie die und eine so übertriebene Härte, das ist nun alles vorbei, Gott sei's gedankt. Ich glaube, daß Sie jetzt mit einer relativ geringen Strafe davonkämen. Bestimmt aber«, und dabei sah D'Ambrogio De Luca bohrend in die Augen, »bestimmt aber würde man Sie sofort aus der Polizei entlassen.«

»Nein«, flüsterte De Luca, oder vielleicht bildete er sich nur ein, es getan zu haben. D'Ambrogio schüttelte den Kopf und preßte die Lippen zusammen, schlug die orangefarbene Aktenmappe zu und schob sie ganz unten in den Stapel zurück. Das viereckige maschinenbeschriebene Stück Papier von der ehemaligen Lebensmittelkarte war draußen geblieben und lag am Rand des Schreibtisches. De Luca starrte es heftig atmend an. Er hatte die Fäuste so fest geballt, daß die Knöchel weiß hervortraten und die Fingernägel sich tief in die Handballen bohrten. Blitzschnell griff er nach dem Papier und verließ damit das Büro. Auf dem Gang schob er es mit zittrigen Fingern in seine Manteltasche. Er biß die Zähne aufeinander und begann zu laufen, so sehr in Panik, daß ein Schutzmann, der aus einem Büro gekommen war, ihn an die Schulter tippte und fragte: »*Dottore*, fühlen Sie sich unwohl?«

»Nein, danke«, brachte De Luca nur heraus. Dann schlüpfte er in den Toilettenraum für Vorgesetzte, schloß sich ein und drehte sämtliche Wasserhähne auf, damit ihn von draußen niemand heulen hörte.

22. April bis 10. Juli 1948

22. April 1948, Mittwoch

DIE ABSOLUTE MEHRHEIT GEHT AN DIE CHRISTDEMO-
KRATEN, DIE 307 SITZE IN DER ABGEORDNETENKAMMER
EROBERN. JUBEL IN DER WELT DER KATHOLIKEN WEGEN
DER SCHWEREN NIEDERLAGE DES KOMMUNISMUS.

DIE ARBEITERKONFÖDERATION WIRD MIT DER NEUEN
REGIERUNG ZUSAMMENARBEITEN.

ERNEUT GESPRÄCHE ÜBER EIN MÖGLICHES TREFFEN
ZWISCHEN TRUMAN UND STALIN.

DER GEWINNER DES WAHLTOTOS WIRD NOCH IN DIESER
WOCHE BEKANNTGEGEBEN.

26. April 1948, Montag

BARTALI SIEGT IN ZÜRICH NACH EINEM STÜRMISCHEN
ENDSPURT.

14. Mai 1948, Donnerstag

DE GASPERI WIRD MORGEN DEM STAATSPRÄSIDENTEN EINAUDI DIE MINISTERLISTE VORLEGEN.

DER MARSHALLPLAN KOMMT IN GANG: DIE HILFSLEISTUNGEN FÜR EUROPA IN DEN ERSTEN 12 MONATEN.

EINE BOTSCHAFT EINAUDIS AN DEN PAPST: DER HEILIGE VATER SEGNET ITALIEN.

HEUTE IM ›IMPERIAL‹, BOB HOPE UND DOROTHY CAMARR IN ›DETEKTIV MIT KLEINEN FEHLERN‹.

16. Mai 1948, Sonntag

SEIT HEUTE STEHT DAS HEILIGE LAND IN FLAMMEN. DER KRIEG IN PALÄSTINA BEDROHT DIE WELT. LONDON IST RATLOS, MOSKAU FISCHT IM TRÜBEN.

20. Mai 1948, Donnerstag

DIE PLÄNE DES KREML: EIN GIGANTISCHES STALINISTISCHES REICH VON DER ELBE BIS ZUR BERINGSTRASSE. DIE ERSTEN REAKTIONEN MOSKAUS AUF DIE ABLEHNUNG DES WEISSEN HAUSES.

22. Mai 1948, Samstag

ANHALTENDE SPANNUNG ZWISCHEN RUSSLAND UND AMERIKA. EUROPA MUSS BIS AN DIE ZÄHNE BEWAFFNET WERDEN, UM DEN DRITTEN WELTKRIEG ZU VERMEIDEN.

29. Mai 1948, Samstag

DER WEIZENPREIS BEI 6000 LIRE. BROT- UND TEIGWARENRATIONIERUNG BLEIBT BESTEHEN. DER FREIE VERKAUF VON ZUCKER IST ABER WAHRSCHEINLICH.

HEUTE IN DER ›ARENA DEL SOLE‹: ›DER KURIER DES KÖNIGS‹ MIT ROSSANO BRAZZI UND VALENTINA CORTESE.

GINO BARTALI: SOLANGE ICH HINTER COPPI BLEIBE, SOLL MIR KEINER SAGEN, ICH STEHE UNTER DRUCK.

24. Juni 1948, Donnerstag

GEFÄHRLICHE ENTWICKLUNG IM KALTEN KRIEG. TITO GEGEN STALIN? RUSSISCHE MILITÄRBASEN IN DEN BALKANLÄNDERN.

SCHWERE AUSSCHREITUNGEN IN NEAPEL: 26 POLIZISTEN UND 5 ZIVILPERSONEN VERLETZT. EINE REDE SCELBAS VOR DER ABGEORDNETENKAMMER: OHNE ENTWAFFNUNG DER NATIONEN KANN ES KEINE DEMOKRATIE GEBEN.

HEUTE IN DER ›ARENA DEL SOLE‹: JOHN LODER, JUNE DUPREZ: ›DER WÜRGER VON BRIGHTON‹.

30. Juni 1948, Mittwoch

TOUR DE FRANCE: HEUTE START IN PARIS.

1. Juli 1948, Donnerstag

BARTALI GEWINNT DIE ERSTE ETAPPE DER TOUR.

8. Juli 1948, Donnerstag

BARTALI SIEGREICH IN LOURDES, SCHLÄGT IM END-
SPURT ROBIC UND BOBET.

9. Juli 1948, Freitag

BARTALI GEWINNT BEIM ENDSPURT IN TOULOUSE.

10. Juli 1948, Samstag

BARTALI; VOM BERGSPEZIALISTEN ZUM SPRINTER.

14. Juli 1948

Mittwoch

SONDERAUSGABE EXTRABLATT: FEIGES ATTENTAT AUF TOGLIATTI.

»Es heißt, sie haben auf Togliatti geschossen.«
»Oho, bitte keine Scherze...«
Pugliese erhob sich, denn Brigadiere Bartolini beliebte nie zu scherzen. Er war im Laufschritt herbeigeeilt, und seine Mütze hatte sich zwischen den Schnüren des Vorhangs an der Schwelle des Café Maldini verfangen; dort saßen alle in trauter Runde: Polizeimeister Camerlo, der ein *tramezzino* mit rohem Schinken in die Höhe hielt, Brigadiere Maranzana, der sich ein *rustico alle mortadella* in den Mund schob, und Kommissar Zecchi, der seine Augen vom Rand des mit weißem Perlwein gefüllten Glases hob.
»Vor einer halben Stunde ... in Rom«, keuchte Bartolini und faßte nach seiner Dienstmütze, die ihm in den Nacken gerutscht war, »hat ein Student auf Togliatti geschossen, als er Montecitorio verließ!«
»Verflucht!« rief Pugliese. »Ist er tot?«

»Ich weiß es nicht! Der Polizeipräsident ruft alle Männer zusammen, und zwar auf der Stelle! Die Revolution bricht aus!«

Stuhlbeine scharrten, der Vorhang aus Glasröhrchen klirrte, und alle gingen hinaus, Maranzana hielt noch sein *rustico* in der Hand. Nur Pugliese blieb im Café. Er ging um die Theke herum und donnerte mit der Faust gegen die Toilettentür, hinter der De Luca vergeblich in das Loch des türkischen Klos spucken wollte; sein Mund war vom Brechreiz verzerrt, doch es kam nichts; das passierte ihm neuerdings oft, wenn er versuchte, etwas zu essen.

»Commissario! Kommen Sie heraus, Commissario! Auf Togliatti ist geschossen worden!«

»Innenminister Scelba hat strikte Anordnung gegeben, jegliche Demonstration, gleich welcher Art, im Keim zu ersticken! Ich wiederhole: strikte Anordnung!«

Polizeipräsident Giordano stand auf einem Stuhl und wedelte mit dem blauen Papier des Phonogramms. Der Versammlungsraum war gedrängt voll mit Funktionären, Unteroffizieren und auch ein paar Polizisten in Uniform; in der Julihitze bei den geschlossenen Fenstern schwitzten alle und hatten gerötete Gesichter. Gerade hatte jemand die Fenster öffnen wollen, aber der Polizeipräsident brüllte, das zu unterlassen. Einen Augenblick lang hatte De Luca sich nach dem Grund gefragt, aber kurz darauf hatte auch er besorgt und erschrocken nach Luft geschnappt.

»Die CGIL hat zum Generalstreik aufgerufen! In Genua entwaffnen Demonstranten die Polizei und die Carabinieri! Ausschreitungen in Turin und in Mailand! Eine Menschenmenge auf der Piazza Maggiore! Das Volk ist in Aufruhr!«

Polizeipräsident Giordani hatte es aufgegeben, sich den schütteren Haarstreifen zu glätten, der jetzt unordentlich den von Haargel und Schweiß glänzenden Schädel sehen ließ; D'Ambrogio war gegen eine Wandtafel gedrückt, an der er sich das Jackett mit weißer Kreide schmutzig machte. Mit Händeklatschen erbat er sich Aufmerksamkeit. »Das Wichtigste ist, nicht den Kopf zu verlieren!« kreischte er. »Alle höheren Beamten und Unteroffiziere sind hiermit zum öffentlichen Ordnungsdienst abkommandiert! Einsatz von Waffen nur im Notfall! Verliert nicht den Kopf! Habt ihr gehört, nicht den Kopf verlieren!«

Der Jeep wartete mit laufendem Motor, vollbeladen mit Polizeibeamten. Pugliese auf dem Trittbrett hielt die Rückenlehne des Vordersitzes nach unten gedrückt. De Luca traf im Laufschritt ein, packte den Maresciallo am Arm und sprang, nach Atem ringend, auf den Wagen. »Sie kommen aus der Via IV Novembre!« keuchte er, »sie kommen und wollen das Polizeipräsidium blockieren! Auf, gib Gas!«

Der Mann am Steuer legte den Gang ein, der Jeep machte mit einem bösen Fauchen einen Satz nach vorne und rollte aus dem Hof des Polizeipräsidiums. De Luca hatte sich am Reserverad festgeklammert und lag beinahe auf den Männern des Einsatzkommandos, die die Beine unter den Brettern der Sitze eingehakt hatten und, den Kurven folgend, nach rechts und nach links schwankten.

Pugliese umklammerte weiter die Rückenlehne und hielt mit der flachen Hand seine Dienstmütze auf den Kopf gedrückt. »Du lieber Gott, *commissà*«, jammerte er, »das ist die Revolution!«

Mit großer Geschwindigkeit wälzte sich eine Menschenmenge durch die Via IV Novembre. Der Jeep des Einsatzkommandos durchquerte die Menge und scherte plötzlich wie eine wildgewordene Wespe aus, während die Polizisten, die Schlagstöcke verkehrt herum in der Faust, sich herausbeugten und zuschlugen. Auf halber Straßenhöhe war eine niedrige Mauer – wenige Meter lose aneinandergefügte Backsteine –, die von einer Schar Leute mit einer Eisenstange freigegraben wurde.

Eine Sekunde später stieß Pugliese einen Schrei aus, während die Windschutzscheibe des Jeeps *zack* zersplitterte und der Polizist am Steuer nach links setzte und auf den Gehsteig fuhr.

»Runter! Runter!« brüllte De Luca, stieg über das Reserverad und konnte gerade noch einem Backstein ausweichen, der das Wagenblech eindellte. Der nächste traf auch die Sitze und Tische der Bar an der Ecke Via de' Fusari. Pugliese jammerte ununterbrochen »*Madonna mia*«, während er, den Rücken mit Glasscherben bedeckt, aus dem Wagen kroch. Hinter dem Jeep hockte ein Polizist auf dem Gehweg und hielt sich den blutüberströmten Kopf. Ein anderer kniete am Boden und zielte mit der Pistole blind in die Menge.

»Nein!« schrie De Luca, »nein!« Dann gab jemand zwei Pistolenschüsse ab, der Polizist schoß zurück, die Maschinengewehre des Einsatzkommandos ballerten in die Luft, auf den Boden, gegen die Mauern, überallhin. Die Menge schwankte, zog sich nach rechts und nach links zusammen, gebärdete sich wie verrückt und ging wieder zum Angriff über.

Alles war geschlossen, alles stand still. Die Geschäfte waren verbarrikadiert, die Rollgitter vor den Auslagen heruntergelassen, die Fenster verriegelt. Straßenbahnen und die Oberleitungsbusse waren völlig verlassen. Die Züge waren auf den Gleisen blockiert. Die vom Blitzstreik überraschten Reisenden hatten sich in der Bahnhofshalle niedergelassen und dösten, gegen ihre Gepäckstücke gelehnt, vor sich hin. Es war beinahe Abend, aber noch immer warm.

Vor dem Bahnhof hockte Pugliese auf dem Trittbrett des Jeeps und aß aus einem Henkelmann. Er schabte mit dem Löffel über den Blechboden und schleckte den Löffel gierig und leicht schmatzend ab, wobei De Luca jedesmal angewidert die Stirn runzelte.

»Sind Sie sicher, daß Sie nichts wollen, *commissà*? Es ist auch für Sie da, ich lasse Ihnen eine Portion bringen...«

»Nein, danke.« De Luca hockte mit angezogenen

Beinen auf dem Fahrersitz, die Knie gegen das Lenkrad gequetscht, den Kopf nach hinten auf den Rand der Rückenlehne gestützt. Die Anspannung des Tages und diese unnatürliche Position verursachten Schmerzen in den Schultern; der harte Lenker drückte gegen seine Beine und blockierte den Blutkreislauf. Aber ihm fehlte die Kraft, sich zu rühren.

»Commissario«, sagte Pugliese und steckte den Löffel in sein Eßgeschirr, das er auf dem Kotflügel abstellte, »was geschieht Ihrer Meinung nach, wenn der dort stirbt? Die Revolution?«

»Nein«, sagte De Luca, »in Italien darf es keine Revolution geben. Die Marine liegt einsatzbereit im Hafen von Livorno, und das wissen auch die Kommunisten. Sie werden eine Einigung finden.«

»Ja, aber es wird schweren Zores geben ... Ich meine, für uns.«

»Ja, es wird Ärger genug geben.«

»Zecchi sagt, daß heute vormittag siebzehn Polizisten ins Sant'Orsola-Krankenhaus gebracht wurden. Seiner Einschätzung nach haben wir heute mindestens zweihundert Personen verhaftet. Der Parteizentrale des Uomo Qualunque wurde in Brand gesteckt, und die Gebäude der Monarchisten und des Movimento Sociale Italiano wurden völlig zerstört. In der Piazza della Mercanzia haben sie die Polizisten zusammengeschlagen, die den Sitz der Liberalen besetzt hielten. Was, beim Leibhaftigen, hatten die da nur in der Birne, ausgerechnet auf Togliatti, diesen

Agitator, zu schießen? Der hatte sogar im Priesterseminar studiert.«

»Genau wie der Abatino.«

»Der geht Ihnen nicht aus dem Sinn, nicht wahr *commissà*?«

De Luca versuchte, die Schultern hochzuziehen, aber ein stechender Schmerz im Hals ließ ihn innehalten. Er hob langsam den Kopf, die stark mitgenommenen Muskeln anspannend. »Nein«, sagte er. »Nein, den kann ich nicht vergessen. Er ist nicht mehr Vorsitzender seines Komitees, er hat jetzt ein Büro im Zentrum, und keiner weiß so recht, was er eigentlich treibt. Aber er betreibt noch das Lager, das rund um die Uhr von Hunden und einem Mann bewacht wird, und ich bin überzeugt, daß er dort noch die Fotografien aufbewahrt. Im Wandsafe in der Via del Porto.«

De Luca dachte an das möblierte Zimmer, das er vor einem Monat gemietet hatte. Zuvor hatte er in der Via Saragozza wie ein Student in einer Pension gewohnt. Die lag in der Nähe des Polizeipräsidiums, und er ging immer nur hin, wenn er sich aufs Ohr legen wollte. Er hatte sich dann unter Kollegen und Barbesitzern umgehört, bis er eine andere Bleibe gefunden hatte. Und das war ein karger Raum mit einem Bett und drei verstaubten Möbeln. Die Haustür lag in einer schmalen Straße mit dem lächerlichen Namen Via Strazzacappe, aber das Fenster ging auf die Via del Porto. Auf der Kommode neben dem Fenster lag seit drei Monaten, unberührt und noch verknittert, wie er es aus der Tasche des Übergangsmantels gezogen hatte, das viereckige Papier von der Lebensmittelkarte. Ein heftiges Grimmen zog ihm den Magen zusammen, und das Knurren war so laut, daß auch Pugliese es hörte.

»Sie werden es noch an der Galle kriegen, Commissario. Ich würde mir eher Sorgen machen wegen dieser Manie, die Sie haben, nichts zu essen. Kann es sein, daß es sich um eine nervöse Störung handelt...? Ich möchte Ihnen natürlich nicht zu nahe treten. Ich für meinen Teil rege mich nicht auf... Wenn ich meine Pflicht getan habe, bin ich zufrieden, *commissà*.«

»Aber wir haben unsere Pflicht nicht getan, Pugliese!«

De Luca richtete sich auf dem Sitz auf und ließ die Beine hinab. »Der Kerl ist noch immer nicht im Gefängnis!«

Er massierte sich die Beine, die plötzlich heftig kribbelten, während Pugliese ihn wortlos betrachtete. Dann drehten sich beide um, denn eine violette Guzzi des Öffentlichen Sicherheitsdienstes kam angefahren, und der Ordnungshüter schwenkte im Stehen die Hand im weißen Diensthandschuh hoch in der Luft.

»Da geht es schon wieder los«, sagte De Luca und rutschte auf den Beifahrersitz, um dem Fahrer und den anderen Männern Platz zu machen, die, den Schlagknüppel griffbereit, einer nach dem anderen auf den Jeep sprangen.

15. Juli 1948

Donnerstag

HEUTE MORGEN 9 UHR BEKANNTGABE DES COMMUNIQUÉS NR. 7 ÜBER DEN GESUNDHEITSZUSTAND DES GENOSSEN TOGLIATTI: TEMPERATUR NICHT ÜBER 38°, PULSSCHLAG 120, ATEMFREQUENZ 32, BLUTDRUCK 125/70. DAS ALLGEMEINBEFINDEN IST DEN UMSTÄNDEN ENTSPRECHEND ZUFRIEDENSTELLEND.

Er träumte von der Tripolina, so wie er sie zuletzt zufällig im Polizeipräsidium gesehen hatte. Meist wandte er sich nervös zur anderen Seite, wenn er am Büro des Sittendezernats vorüberging, aber an jenem Morgen hatte er doch einen Blick hineingeworfen und sie von hinten erkannt. Der Haarknoten unter dem runden Hütchen, der Kragen des Kostüms über einer Stuhllehne, die gekreuzten Fesseln und ein Pumps, aus dem ihr Fuß im schwarzen Nylonstrumpf ein Stück herausgerutscht war, waren das einzige, was von ihr zu sehen war. Er war nicht stehengeblieben, sondern hatte so getan, als habe er sie nicht gesehen, und vielleicht tat sie das gleiche, denn er hatte mit starr nach vorn gerichtetem Blick das Knacken des Stuhls gehört, als hätte sie sich umgedreht. Später erzählte ihm Brigadiere Di Naccio in der Bar Maldini, daß sie die Gewerbelizenz für die Via dell'Orso verkauft habe, weil sie nach Argentinien auswandern und dort ein Etablissement aufmachen wolle. Er hatte nur genickt.

Doch kaum war er wach, vergaß er sie schlagartig. Die Fensterscheiben seines Zimmers vibrierten so stark, als würden sie gleich zerspringen. Er hatte noch den Nachhall der Detonation in den Ohren, die ihn aus dem Schlaf gerissen hatte. Da hörte er noch eine zweite, weiter entfernt diesmal, jenseits der Straßenkreuzung Via Marconi, am Ende der Via del Porto, und die war so gewaltig und scharf, daß er instinktiv den Kopf einzog. Es war der Explosionsknall einer Handgranate.

»Polizei! Commissario De Luca! Polizei!«

Der Mann hatte die Maschinenpistole in die Höhe gereckt, als er ihn herbeirennen sah; die Jacke bauschte sich in seinem Rücken, denn bisher war er nur in einen Ärmel geschlüpft, und die Pistole in der Tasche zog die Uniformjacke schwer nach unten. Am Ende der Via del Pozzo waren inmitten des Rauchs von Tränengasbomben ein umgekippter Jeep und die Polizisten zu erkennen, die hinter einem Lastwagen lagen und schossen.

»Die Kommunisten«, sagte ein Polizist, »wollten eine Strickwarenfabrik schließen lassen, die noch in

Betrieb war, und als wir eintrafen, haben sie alles mögliche aus den Fenstern der Schule davor auf uns geworfen.«

»Und die Granaten? Wer hat die geworfen?«

Der Beamte zuckte die Achseln. »Wir, die ... Das weiß man nicht. Sie wurden eben geworfen. Es gibt drei Verletzte.«

De Luca nickte. Er blickte sich rasch um, und sobald er entdeckt hatte, wonach er suchte, tippte er dem Polizisten auf den Arm und entfernte sich im Eiltempo.

»Commissario De Luca«, sagte er zum Brigadiere, der gebeugt hinter dem offenen Wagenschlag eines Millecento stand, »schalt das Funkradio an, wir müssen Verstärkung anfordern. Und laß Maresciallo Pugliese rufen. Er wird zu Hause sein. Sag ihm, er soll herkommen.«

»Warum?« entgegnete der Brigadiere, »hier sind doch die Männer vom Einsatzkommando, die schlagen zurück, und es hat sowieso den Anschein, als wäre in Kürze alles vorbei.«

»Willst du mit einem Vorgesetzten herumdiskutieren?« sagte De Luca barsch und deutete auf die Nr. 18. »Weißt du, was hier drinnen war? Ein Bürgerkomitee. Ruf die Verstärkung, das Gebäude muß überwacht werden.«

»*Commissà*, Sie sind verrückt geworden ...«
»Nein, Pugliese, ich bin Polizeibeamter, und ich nehme meine Amtsbefugnisse wahr. Das hier ist ein

mögliches Angriffsziel der Kommunisten, und ich will da rein, noch bevor sie es angreifen. Das, was ich dann finde, ist meine Angelegenheit.«

»Und Sie hoffen, daß Sie ungeschoren davonkommen, *commissà*?«

Der eiserne Torriegel gab unter dem Schlag der Karabiner mit einem Knirschen nach. De Luca trat mit gezückter Pistole in den Hof, aber die Hunde und der Wachmann waren verschwunden. Ein Brigadiere zerschlug ein Fensterglas und fluchte, als er die Eisenstangen sah, die das Fenster versperrten.

»Hier kommt keiner rein«, sagte er, doch De Luca hatte schon den Lauf seiner Pistole gegen die Tür gerichtet.

»Aufgepaßt!« brüllte er, dann schoß er das Magazin gegen das Türschloß leer und warf sich zusammen mit seinen Männern gegen das zersplitterte Holz der Türfüllung.

Bis auf einen Pappmaché-Garibaldi neben der Falltür in der gestampften Erde war die Garage leer. Mitten in der Wand mit ihrem rissigen Verputz befand sich der Panzerschrank. Er sah aus wie eine Feuerstelle, von einer lackierten Eisenplatte, drei Schlössern und einem Schnappriegel versperrt. De Luca blieb davor stehen und begutachtete ihn, während er wieder innen am Fleisch seiner Wange nagte.

»*Allmächtige Jungfrau, commissà*«, beschwerte sich Pugliese hinter De Lucas Rücken, »heute morgen hätten wir uns eigentlich ein wenig Erholung gönnen sollen ... Auf, Jungens, macht hier auf, wer weiß, ob sich dahinter nicht ein paar Kommunisten versteckt halten.«

Das Problem war, überlegte De Luca, den Safe möglichst wenig zu beschädigen. Es müßte gelingen, die Eisenplatte so aufzusprengen, daß die Durchsuchung nicht augenfällig gesetzwidrig wirkte und jede Beweiskraft damit zunichte gemacht wäre. Er war sich sicher: Sein sechster Sinn sagte ihm, daß die Fotografien, Abatinos Trumpfkarte, darin lagen. Wenn es nicht so wäre, wozu dann die ganze Überwachung?

»*Commissà* ... kommen Sie sofort her, bitte! *Commissà* ... Ich bitte Sie, kommen Sie herunter!«

Die Falltür führte zu einem in die Erde gegrabenen kleinen Raum, groß genug jedoch, um zwei Reihen von Kisten und Pugliese Platz zu geben. Auch De Luca paßte noch hinein; er war über eine Art Hühnerleiter hinuntergestiegen, doch mußte er den Kopf einziehen, weil der Raum niedrig wie eine Höhle war. Dennoch stieß er mit dem Kopf gegen die Decke, als Pugliese ihn bat, auf die Seite zu treten, damit er den Lichtkegel nicht verdeckte, der auf die von ihm aufgebrochene Kiste fiel.

»Gewehre, *commissà* ... Karabiner, alle gut geschmiert, die neuesten Modelle mit dem Flammenzeichen der Carabinieri auf dem Schaft. Und das Zeugs dort, das auf diese besondere Weise eingewickelt ist ... das ist Sprengstoff. Es ist so viel, daß sich damit ein kleines Untergrundheer bewaffnen ließe,

Commissario. Was soll das nur? Was bedeutet das?!«

Es war dunkel dort unten, aber man konnte erkennen, daß Pugliese blaß geworden war. De Luca stand über eine offene Kiste gebeugt und strich mit den Fingerspitzen über den geölten Lauf eines Karabiners, dann rieb er die fettigen Fingerkuppen aneinander. Plötzlich machte er kehrt, und mit einem Satz war er auf der Stiege und kletterte hinauf.

Er dachte, daß er noch eine andere Türe niederreißen müßte. Er stellte sich vor, in ein leeres Büro mit umgekippten Aktenschränken auf dem Boden und verbrannten Papierresten im Kamin einzudringen. Am besten würde er sich sofort ans Telefon hängen, um eine Fahndung nach Abatino Antonio, genannt der Abatino, einzuleiten. Statt dessen stieß er auf besagten Abatino Antonio, genannt der Abatino, und zwar ausgerechnet am Telefon.

»Den Hörer runter, oder ich schieße!« brüllte De Luca mit gezückter Pistole von der Schwelle aus. Abatino hob die Arme, in einer Hand hielt er den schwarzen Telefonhörer. Aschfahl blickte er durch die milchig angelaufenen Brillengläser zu De Luca, und die Unterlippe zuckte im Mundwinkel.

»Sie werden verlangt«, sagte er.

»Ich werde verlangt?« fragte De Luca. »Was heißt das? Wer ist denn am Apparat?« Er senkte den Arm mit der Waffe und trat zögernd näher. Auch Pugliese war ins Zimmer gekommen und packte Abatino an den Schultern, während De Luca den Hörer ergriff.

»Commissario? Hier Giordano ... Commissario, können Sie mich hören?«

De Luca nickte unsinnigerweise. Dann räusperte er sich. »Ja, Herr Polizeipräsident, ich höre Sie.«

»Abatino Antonio hat mich gerade angerufen, um sich zu stellen. Er bekennt sich schuldig, der Auftraggeber der Morde von vor drei Monaten zu sein ..., bei deren Aufklärung Sie mit so lobenswertem Eifer nicht lockergelassen haben ... Hören Sie mich, Commissario?«

De Luca nickte und räusperte sich wieder. »Ich höre Sie, Herr Polizeipräsident.«

»Also dann ... Heben wir uns die Beglückwünschungen für ein andermal auf. Ich erteile Ihnen jetzt den Befehl, Abatino Antonio zu verhaften und ins Polizeipräsidium zu schaffen, wo er von der zuständigen Abteilung entgegengenommen wird. Haben Sie mich verstanden, Commissario?«

»Ja«, erwiderte De Luca, diesmal ohne zu nicken, »ja, aber da ist noch eine Ladung Kisten mit Gewehren, die ...«

»Alles zu seiner Zeit, Commissario, alles zu seiner Zeit ... Eins nach dem anderen. Dieser Fall gehört jetzt in den Zuständigkeitsbereich der Mordkommission. Die Ermittlungen übernimmt *dottor* Bonaga, der Sie bald um einen entsprechenden Rapport bitten wird. Ihre Aufgabe ist jetzt, den Täter unter größtmöglicher Diskretion herzubringen. Die Situation ist mittlerweile unter Kontrolle, dennoch ist Umsicht geboten, Commissario De Luca, Umsicht, haben Sie verstanden?«

»In einem Jahr werde ich wieder auf freiem Fuß sein. Genau wie Cippico.«
»Monsignor Cippico ist ein Betrüger, Abatì. Du bist ein Mörder.«
Sie hatten ihn in die Mitte genommen und ihm einen Mantel übergehängt, um die Handschellen zu verbergen. Der Millecento parkte zwar nicht weit entfernt, aber sie hatten die Straße zu überqueren und ungeschützt immerhin noch einige hundert Meter zurückzulegen.
»Das ist ein politisches Verbrechen, das in einem besonderen historischen Kontext gereift ist. Ich werde diesem Idioten von Matteucci die Schuld zuschieben ... Und außerdem habe ich Beziehungen, ihr wißt gar nicht, was für Beziehungen ich habe. Ein Jahr, bis Gras über die Sache gewachsen ist, und schwups bin ich wieder draußen. Du wirst schon sehen, Polizist, du wirst es sehen ... Die Leute in diesem Land vergessen rasch.«
Abatino sprach ruckartig, und in seiner Stimme lag eine Spur Panik; dennoch klangen seine Worte entschieden, als wolle er jemanden überzeugen, vielleicht sich selbst. De Luca aber verharrte in finsterem Schweigen und biß sich im Fleisch des Wangeninneren fest. Dann sahen sie sie plötzlich an einer Straßenecke auftauchen und blieben alle drei ruckartig,

Schulter an Schulter, stehen: Es waren sechs, vielleicht sieben Personen, die auf ihrer Straßenseite, noch in der Ferne, voranschritten. Das Halbdunkel des anbrechenden Abends hüllte sie ein, doch schon waren ihre Stimmen deutlich zu hören. Sie sprachen aufgeregt, und einer hatte sogar die geschlossene Faust in die Höhe gereckt.

»Scheiße«, sagte Pugliese.

Abatino machte einen Schritt zurück, doch De Luca packte ihn fester am Arm, und Pugliese tat das gleiche auf der anderen Seite.

»Nein, nein ... die machen mich kalt«, flehte Abatino. »Das sind Kommunisten ... Die haben es gewußt, sie haben uns gesehen, sie werden mich lynchen.«

»Die da lynchen uns alle drei«, sagte Pugliese. »Was sollen wir machen, Commissario?«

»Was wir machen sollen? Keine Ahnung, Maresciallo, ich habe keine Ahnung ...«

Sie zogen die Pistolen und hielten sie an der Hüfte verdeckt, jeder einen zitternden Arm des Abatino im Griff; ihre Augen waren starr auf die sich nähernden Männer geheftet, die immer klarer zu erkennen waren.

Es waren sieben Männer. Hitzig und aufgedreht. Der mit der Faust in der Luft schrie etwas und schoß plötzlich auf sie zu. Er machte nur zwei Schritte, dann hielt er inne, hob auch den anderen Arm in die Höhe und schüttelte die Fäuste: »Bartali hat das Gelbe Trikot erobert!« schrie er.

Puglieses Pistole fiel zu Boden. De Luca rührte sich nicht, wagte kaum zu atmen.

Abatino begann zu lachen, es war ein schrilles, hysterisches Gelächter, sein Kinn hüpfte, seine Lippen zitterten und schnalzten, und Speichel rann ihm aus dem Mundwinkel. »In sechs Monaten bin ich wieder draußen«, sagte er.

BARTALI BRINGT DIE 34 HINTER SICH. VERDIENTE RUHEPAUSE IN AIX-LES-BAINS. EINDRÜCKE UND ZUKUNFTSPLÄNE DES CHAMPIONS.

»Sie haben mich zum Polizeimeister befördert, sie haben mir eine Gehaltserhöhung gegeben, und jetzt schicken sie mich nach Sizilien, um den Banditen Giuliano zu jagen. Bei der Polizei heißt das: *Die eine Hand gibt, die andere nimmt* ... Davon können auch Sie ein Lied singen, *commissà*.«
De Luca lächelte und nickte schwach.
Pugliese strich seine von Brillantine glänzenden kohlschwarzen Haare glatt, dann setzte er sorgfältig die Dienstmütze auf und ließ sie auf den Hinterkopf rutschen. Sie waren auf halber Höhe der großen Treppe, die zu den oberen Büroräumen im Polizeipräsidium führte. »Ein Kollege will mich in seinem Wagen mitnehmen. Ich fahre nach Hause, um Koffer zu packen. Morgen abend muß ich in Palermo antreten.«

»Das tut mir leid«, sagte De Luca, »es ist meine Schuld.«

»Lassen Sie es gut sein, *commissà*. Sie haben es noch schlimmer erwischt.«

De Luca senkte die Augen und biß sich auf die Lippe.

Pugliese beugte sich zum Treppenansatz hinunter und rief: »Ich komme ja schon, einen Moment, *geh mir nicht auf die Nerven!*« und hob eine Hand.

»Der Ermittlungsrichter ist bei Giordano«, sagte De Luca leise. »Sie werden mich sicher von einem Moment auf den anderen einbestellen. Ihrer Meinung nach …«

»Ja«, sagte Pugliese, »meiner Meinung nach wird man Ihnen den Prozeß machen. Das war heute morgen überall zu lesen, sogar im ›Carlino‹ … oder wie der jetzt heißt ›Giornale dell'Emilia‹. Es war eine kleine Notiz, aber sie hob sich gut ab und war deutlich zu sehen …«

Er hatte recht. Es war ein Artikel, zwei Viertelspalten nebeneinander im Lokalteil Bologna, aber mit einem Titel in Fettdruck, der ins Auge fiel: ›POLIZEIFUNKTIONÄR DER SÄUBERUNG ENTGANGEN‹. Das war nichts im Vergleich zur zweiten Seite der ›L'Unità‹ vom Vortag: ›WER IST COMMISSARIO DE LUCA?‹ mit einem Foto, auf dem er die Hände in der Tasche hatte und das Schwarzhemd unterm Mantel hervorlugte, darunter der knappe, aber knallharte Untertitel: ›DIE GERECHTE STRAFE‹.

»Nun, früher oder später mußte es ja so kommen, denke ich...«, sagte De Luca.

»Bin ja schon da!« brüllte Pugliese, über das Geländer gebeugt. »Krieg dich wieder ein, da unten, ich verabschiede mich doch nur von einem Freund!« Dann wandte er sich zu De Luca und breitete die Arme aus. »Es kann auch sein, daß sie Ihnen nichts anhängen, *commissà*«, sagte er. »Es kann auch nur eine Masche sein, um Ihnen den Mund zu stopfen. Und meiner Meinung nach müssen Sie den Mund jetzt wirklich versiegelt halten. Ich bin seit vielen Jahren bei der Polizei und weiß, es gibt Fälle, die gelöst werden, und solche, die nicht gelöst werden. Unseren Fall haben wir gelöst, *commissà*, die Handschellen haben wir ihm angelegt.«

»Stimmt«, meinte De Luca lächelnd, »die haben wir ihm angelegt.«

»Oh, diese Nervensäge... Ich komme ja schon!« Pugliese nahm De Lucas Hand, drückte sie und schüttelte sie so heftig, daß der ganze Arm bewegt wurde. »Ich muß mich von Ihnen verabschieden, *commissà*. Viel Glück... von ganzem Herzen, De Luca, wirklich. Von ganzem Herzen.«

Er schob sich die Mütze in die Stirn und eilte die Treppe hinunter. De Luca meinte an der Armbewegung Puglieses zu erkennen, daß der sich mit dem Handrücken über die Augen wischte. Doch er hatte keine Zeit, darüber nachzusinnen, denn von oben rief ihn ein leitender Beamter und schlug rasch die Hände zusammen, wie es einem Hausmeister zukäme. Ungeduldig wartete er, bis De Luca die letzte Stufe erreicht hatte, und wies ihm ein samtbezogenes kleines Sofa neben dem Büro des Polizeipräsidenten an. De Luca ließ sich fallen, legte die Hände auf die Knie, lehnte den Kopf gegen die Wand und wartete mit geschlossenen Augen, daß man ihn aufrief.